In the battleground, there is no place for hope. What lies there is just cold despair
and a sin called victory, built on the pain of the defeated.
The world as is, the human nature as always, it is impossible to eliminate the battles. In the end,
illing is necessary evil, and if so, it is best to end them in the best efficiency and at the least cost,
least time. Call it not foul nor nasty. Justice cannot save the world. It is useless.

Fate/Zero 6

연옥의 불길

우로부치 겐
일러스트/타케우치 타카시 · TYPE-MOON

에미야 키리츠구
아인츠베른에 고용된 '마술사 킬러'.

코토미네 키레이
이단을 사냥하는 성당교회의 대행자(代行者).

마토 카리야
집안의 대를 잇기를 포기하고 마토 가에서 달아난 남자.

아이리스필 폰 아인츠베른
아인츠베른 가가 연성한 호문쿨루스. 키리츠구의 아내.

이리야스필 폰 아인츠베른
키리츠구와 아이리스필의 딸.

웨이버 벨벳
'시계탑' 소속의 견습 마술사. 스승으로부터 성유물을 가로채서 성배전쟁에 도전한다.

세이버
기사왕. 그 정체는 아서 펜드래건.

아처
영웅왕. 인류 사상 가장 오래된 영령, 길가메시가 이 세상에 현계(顯界)한 모습.

라이더
정복왕. 오케아노스를 지향하며 고대 세계에서 천하를 제패한
고대 마케도니아 왕국의 이스칸다르 왕.

버서커
'광화(狂化)' 한 수수께끼의 영령.

ACT. 15

-25:48:06

웨이버 벨벳이 미야마초에 있는 맥켄지 노부부의 집에 돌아온 것은 이미 날이 밝기 시작한 무렵이었다.

한밤중의 국도를 하염없이 걷기를 몇 시간. 도중에 택시를 잡아탈 수 없었더라면 분명히 아침이 되어도 시내에 도착하지 못했을 것이다. 그런 외진 곳에서 빈 택시와 만난 행운에 감사해야 할까, 화를 내야 할까. 정말로 운이 따라 주어야 했을 순간은 세이버와 전투를 벌이던 그때였는데. 자신의 행운이 엉뚱한 곳에 발휘되는 모습에는 정말이지 서글퍼질 뿐이었다.

택시에서 내린 뒤, 너무나도 길었던 한밤중의 행군에 웨이버는 깊은 한숨을 내쉬고 말았다. 그리고 그 순간 그의 이름을 부르는 목소리를 들을 수 있었다.

"애야, 웨이버. 여기다, 여기."

놀랍게도 목소리는 머리 위에서 들려왔다.

소리가 나는 곳을 올려다보니, 자고 있는 줄로만 알았던 집주인 글렌 노인이 2층의 지붕 위에 앉아서 현관 앞에 선 웨이버에게 손짓을 하고 있었다.

"하, 할아버지? 거, 거기서 뭐 하고 있어요?!"

"괜찮다, 괜찮아. 일단 너도 올라오려무나. 잠깐 이야기라도 하지 않겠니?"

"이야기라뇨…. 그리고 왜 하필 지붕 위에서?"

"여긴 말이다, 평소에는 볼 수 없는 경치를 볼 수 있는 자리야. 아침에 가장 먼저 햇살을 받기엔 최고의 자리란다."

혹시 치매가 와서 제정신이 아닌 건가, 하고 의심하고 싶어질 정도의 기행이었다. 솔직히 지금은 글렌 노인을 상대할 여유가 없었다. 밤새도록 추위를 참으며 다리에 쥐가 날 정도로 걸어온 직후다. 1초라도 빨리 잠자리에 들어 지친 몸을 쉬게 하고 싶다.

"할아버지…. 이야기는 내일 아침에 하면 안 돼요?"

"얘야, 그런 말 하지 말고."

말투는 온화했지만, 어째서인지 글렌 노인은 고집스럽게 양보하지 않았다.

「가 줘라, 꼬마. 저 노인장은 아무래도 긴히 할 이야기가 있는 눈치가 아니냐.」

웨이버의 어깻죽지 부근에서, 그에게만 들리는 굵은 목소리가 그렇게 고했다. 세이버와의 싸움 이후 돌아오는 내내 영체화해 있던 라이더도, 지금은 간신히 마력을 온존할 수 있게 되었다.

「짐은 이 주변을 어슬렁거리며 감시하고 있을 테니 안심해라. 배려할 필요 없다.」

"배려고 뭐고…."

소리 내어 반박하려다 웨이버는 황급히 입을 다물었다. 물론 글렌 노인에게는 영체화된 서번트의 모습 따윈 보이지 않는다. 지금 웨이버가 이야기를 계속한다면 전부 기괴한 혼잣말로 보일 것이다.

'이놈이고 저놈이고 내 상황 따윈 상관도 하지 않고….'

성배전쟁도 막바지에 이른 지금, 뭐가 아쉬워서 관계도 없는 노인의 기묘한 행동에 상대해 줘야만 하는지, 웨이버는 울분을 풀 길이 없었다. 그렇지만 이 이상 떨떠름하게 입씨름을 계속하는 것은 더욱 귀찮았고, 그게 아니어도 외출한 지 하루가 지나 다음 날에 돌아오는 이유를 캐물으면 대답이 궁한 상황이다. 결국 그는 단념하고 노인이 기다리는 지붕으로 향했다.

맥켄지 가의 집에는 이웃집들과는 다른 기묘한 부분이 한 군데 있다. 그것이 2층의 다락과 천창天窓이다. 2층의 층계참에서 다락으로 이어지는 사다리를 올라가면, 다락에서는 천창을 통해 쉽게 지붕 위로 나갈 수 있는 것이다. 우연히 그런 구조로 만들어진 것이 아니라, 아무래도 집을 세울 때부터 지붕으로 쉽게 나갈 수 있는 구조로 설계한 듯하다. 익숙해지면 옥상에 올라가는 듯한 가벼운 마음으로 지붕 위로 나갈 수 있었다.

하지만 아무리 간단히 올라갈 수 있다고 해도, 서리가 내릴 정도로 싸늘한 겨울 아침에 앉아 있기에는 많은 인내심이 필요하다. 실제로 천창을 통해 밖으로 나온 웨이버는, 몰아치는 북풍에 자기도 모르게 몸을 움츠리고 말았다. 막을 방법 없는 바람의 냉기는 지상에 있을 때와 비할 바가 아니다.

“일단 앉으렴. 자, 커피도 준비했단다. 마시면 몸이 뜨끈해질 게야.”

글렌 노인은 쾌활하게 말하며, 옆에 준비해 둔 보온병에서 김이 피어오르는 액체를 따랐다. 다운재킷 위에 몇 겹씩 모포를 두른 것이, 방한 태세는 완벽해 보인다. 늙은 몸에 채찍질을 해 가며 대체 뭘 하고 있는 걸까. 웨이버는 정말 어이가 없었다.

“할아버지…. 대체 몇 시부터 여기 있었던 거예요?”

“새벽에 눈을 떠 보니, 아직 네가 돌아오지 않았지 뭐냐. 이 시간이라면 봄의 별자리도 보이기 시작할 때이니 오래간만에 하늘이라도 바라보면서 손자가 돌아오기를 기다려 볼까 해서 말이야….”

너무나 엉뚱한 대답에 할 말도 잊은 채, 웨이버는 건네받은 코펠의 커피를 무뚝뚝한 얼굴로 홀짝였다. 일부러 일찍 일어나면서까지 새벽의 별자리를 볼 생각을 하다니, 인간이란 나이를 먹으면 이렇게나 시간이 남아돌게 되는 걸까.

“왜 그러냐, 웨이버. 어릴 적에는 너도 여기가 아주 마음에 든다고 했었잖아. 몇 번이나 같이 별도 봤는데. 기억하니?”

“음…. 그렇긴 하죠.”

알지도 못하는 과거의 일에 적당히 맞장구를 치면서, 웨이버는 눈 아래에 펼쳐진 경치를 둘러본다.

언덕의 경사면에 세워진 집이었기에, 지붕 위에서는 미야마초에서 해안에 이르는 후유키 시의 전역이 내려다보였다. 싸늘하게 식은 공기. 바다는 이제 곧 찾아올 여명에 진주색으로 물들어 있었고, 아득한 저편에 떠가는 배의 실루엣이 드문드문 눈에 들어왔다.

"어떠니? 경치 좋지?"

"……."

웨이버에게 그것은 전장의 전경이었다. 아름다움에 마음을 허락할 여유 같은 것이 있을 리 없다.

"처음에는 출장 때문에 왔던 지방이었는데, 이 후유키에 뼈를 묻을까 하고 의논했더니 마사도 두말없이 찬성해 주었어. 집은 미야마의 언덕에 세우고, 지붕 위로 나갈 수 있는 천창을 꼭 내자고 결심했지. 하지만 크리스 녀석은 결국 토론토를 잊을 수 없었던 게지. 그 녀석의 아이들은 일본인으로 키우게 될 거라고 생각했었는데."

회상에 젖은 글렌 노인의 시선은 아득히 먼 바다 너머, 떨어져 사는 아들 가족이 있는 고향을 바라보고 있는 듯했다.

"…일본이 그렇게나 좋아요?"

"뭐, 그렇지. 하지만 그것이 자식들하고 싸우고 갈라설 정도였는가 하면…. 좀 아쉽지만."

고독하게 지나간 나날을 회상하듯이 노인은 한숨을 내쉬었다.

“이렇게 마음에 드는 지붕 위에 앉아서 말이다, 손자와 같이 별을 바라보는 것을 옛날부터 꿈꿔 왔단다. 설마 이루어질 거라고는 생각하지 않았지만.”

“……네?”

쓴웃음 섞어서 이야기하는 노인의 술회 속에 흘려들을 수 없는 위화감을 느끼고 웨이버는 등줄기가 뻣뻣해졌다.

그런 그의 반응을 슬쩍 받아넘기듯이 글렌 노인은 조용히 고개를 저으며 고했다.

“진짜 손자들은 이 지붕에 와 준 적이 한 번도 없었어. 마사도 높은 곳은 꺼리고 말이야. 내가 별을 볼 때는 늘 외톨이였지….”

“…….”

위기감이나 당황보다도 웨이버의 머릿속을 휩쓸고 있는 것은 견딜 수 없는 수치심이었다.

“저기, 웨이버. 너, 우리들의 손자가 아니지?”

암시가 깨진 것이다. 그것도 마술의 소양 따윈 전혀 없는, 사람 좋은 평범한 노인에게.

“나는….”

“그래, 누구일까? 하긴, 누구라도 상관없지만. 어째서 나와 마사가 너를 손자라고 철석같이 믿었는지 신기하긴 하구나. 뭐, 이만큼 오래 살면 세상에 일어나는 신기한 일은 그냥 그런가 보다 하고 넘어가게 되기 마련이야. …어쨌든 너는 우리 손자치고는 평소부터 너무 착했지."

"…화나지 않았어요?"

갈라진 목소리로 웨이버가 묻자, 글렌 노인은 복잡하면서도 온화한 얼굴로 고개를 기울였다.

"뭐, 그야 화를 내도 당연한 상황일지도 모르겠지만 말이다…. 마사는 요즘 정말로 즐겁게 웃게 되었거든. 예전에는 생각도 할 수 없는 일이지. 그 점은 오히려 너에게 감사하고 싶을 정도야."

"……."

"게다가 보아하니 넌 우리에게 뭔가 나쁜 짓을 하려는 생각에 이 집에 머무르는 것도 아닌 것 같으니까. 너도, 그 알렉세이라는 남자도 요즘에 보기 드물 정도로 근본이 올곧은 젊은이들이거든. 대체 무슨 목적으로 이런 일을 하고 있는 건지는, 내가 이해하려고 해 봤자 소용없는 일이겠다만."

웨이버의 기준에 비춰 보면, 지금 이 노인은 너무나도 무방비하고 우둔했다. 차라리 시계탑의 학사學舍에서 키우는 실험용 쥐가 좀 더 똑똑할 것이다.

어째서 원망하지 않는지 이해할 수 없었다. 어째서 규탄하지 않는지 이해할 수 없었다. 마술협회라는 좁은 세계의 틀밖에 모르는 웨이버에게, 노인의 관용은 완전히 이해의 영역을 넘어서고 있었다.

"오히려 너희들의 사정을 모르니 이런 부탁을 해도 될지 어떨지 모르겠지만, 가능하다면 한동안 이 상태를 유지해 줄 수 없겠니?

나는 어찌 되었든 간에, 마사는 당분간 위화감을 깨닫지 못할 거야. 이것이 꿈인지 뭔지는 모르겠지만, 우리들에게 이 순간은 자상한 손자와 함께 지내는 보물 같은 시간이거든."

비참한 기분에 괴로워하며 웨이버는 자신의 손을 내려다본다.

언젠가 반드시 신비의 오의奧義를 자아낼 것이라 믿어 의심치 않았던 손끝. 분명히 자신에게는 그런 재능이 있다고, 설령 다른 이들에게 부정당하더라도 하다못해 자신만은 스스로를 포기하지 않겠다고 완강히 믿어 왔던 가능성.

그런데도 결과는 어떠한가.

최면암시라는 기초 중의 기초조차 끝내 완벽하게 구사하지 못했다. 운이 없었다든가, 사고라든가 하는 그런 핑계조차 성립하지 않는다. '좀 더 속여 줘' 라고 부탁해 올 정도로 사람 좋은 노인을 상대로조차, 그의 술법은 제대로 효과를 유지할 수 없었던 것이다.

그 남자에게는 갑자기 밀고 들어와서 웃는 얼굴로 술잔을 주고받는 것만으로도 성취할 수 있는 일에 불과한데, 웨이버 벨벳의 마술로는 그것조차 해내지 못했다. 게다가 상대방이 온정마저 베풀고 있다.

분한 마음을 넘어서 우스꽝스럽게 느껴지기까지 했다. …그렇다, 결국 광대일 뿐이다.

있지도 않은 것을 보고, 눈앞에 있는 것을 깨닫지도 못하고, 자기 입맛에 맞는 자화상을 거울이라고 굳게 믿어 왔다. 시계탑에서 그를 비웃어 온 녀석들의 심경을 지금은 잘 헤아릴 수 있었다. 웨이버 자신이 그들과 함께 자신의 어리석음을 비웃고 싶었다.

그렇다고 해도 지금은 웃을 수 없다. 글렌 맥켄지와 마사 부부는 희극을 기대하고 있는 것이 아니다. 그들은 그들 나름의 진지한 사정으로 웨이버를 의지하고 있는 것이다. 생각해 보면 비웃음의 대상이 되는 것 이외의 역할을 부탁받은 일은 이것이 처음이 아닐까.

"…죄송하지만 약속은 할 수 없습니다. 다시 이곳으로 무사히 돌아올 수 있다는 보증이 없거든요."

"그 말은, 너희들은 목숨을 건 일을 하고 있다는 거냐?"

"네."

세이버의 보구의 섬광이 눈앞까지 육박해 왔던 것이 고작 한 나절 전의 일이다. 그때 엿보았던 죽음의 심연을 금방 잊을 수 있는 웨이버가 아니다.

글렌 노인은 깊은 생각에 잠긴 듯이 입을 다물더니, 무겁게 고개를 끄덕였다.

"그것이 너에게 얼마나 소중한 일인지는 모르지만, 이것만은 이야기하고 싶구나. 인생을 오래 산 뒤에 돌아보면 말이다, 결국 천칭 한쪽에 목숨을 걸 정도로 중요한 일 같은 건 하나도 없단다."

"……."

그것은 웨이버가 청춘을 걸고 지향하던 섭리와는 정면으로 배치되는 훈계였다.

마도魔導란 죽음을 받아들이는 것으로부터 시작하는 것. 자신의 목숨을 불태워 버리지 않고서는 결코 닿을 수 없는 경지를 지향한다. 그것이 오늘까지의 그의 숙원이었을 터인데.

하지만 오히려 자신의 분수에 맞는 삶을 찾는다면, 이 온화한 노인의 말에 진리가 있는지도 모른다.

이루 말할 수 없는 상실감을 품은 채, 웨이버는 떠오르는 아침해를 지켜보았다.

이때, 드디어 제4차 성배전쟁의 마지막 하루가 막을 열었다는 것 또한 아직 그가 알 방법은 없었다.

— 17:21:41

그날은 후유키 시에 전례 없는 기상이변이 닥친 하루로 사람들의 기억에 남아 있다.

연일 몰아치던 북풍이 거짓말처럼 딱 그치고, 무겁게 가라앉아 있는 공기를 마치 한여름 같은 강렬한 햇살이 진득하게 데워서 이곳저곳에 계절에 어울리지 않는 아지랑이가 피어올라 있었다. 기상캐스터도 설명할 수 없는 이 고온다습하고 불가사의한 날씨는 후유키 시를 중심으로 극히 한정된 지역에만 나타나서, 왠지 모르게 시민이 느끼기 시작한 변고의 예감을 더더욱 강하게 만들었다.

잇따라 벌어진 도시 게릴라 사건과 끔찍한 엽기살인, 유아 실종사건은 여전히 해결의 실마리조차 찾지 못하고 있으며 야간의 계엄령은 해제될 기미도 보이지 않는다. 게다가 사흘 전 미온 강에서 벌어진 공업폐수 재해…. 잇따르는 괴사건에 신경이 날카로워져서 몹시 지쳐 있는 사람들에게는 이미 기상이변조차 계속되는 재앙의 전조로밖에 느껴지지 않았다.

× ×

내리쬐는 햇살이 천천히 그늘의 각도를 바꿔 가는 것을, 에미야 키리츠구는 나무 그늘에 앉은 채로 꼼짝하지 않고 지켜보고 있었다.

마지막으로 수면을 취한 지 40시간 이상이 경과했지만, 여전히 신경은 팽팽히 긴장한 채로 휴식을 요구하려 하지 않는다.

위기상황일수록 틈틈이 휴식을 취하고, 여차할 때에 만전의 태세로 임할 수 있는 몸 상태를 유지하는 것이 전투의 프로페셔널이 지닌 소양이다. 이미 경보 결계를 요소에 배치해 두었으므로 누군가 접근하면 즉시 깨어날 수 있다. 가만히 대기하고 있는 지금이라면 의식을 몇 분씩 렘수면으로 전환해서 축적된 피로를 해소해 갈 수도 있을 것이다.

하지만 지금의 키리츠구는 그런 정석적인 대비조차 안중에 없었다. 감정을 제거하고 적확하게 최선의 상태를 유지할 수 있는 것도 '기계' 이지만, 산화하는 것도 불사해야 할 상황하에서라면 한계를 넘어 혹사할 수 있는 것 또한 '기계' 다. 그런 가동 상태로 자신을 전환한 것은 피부로 느끼는 '결전' 의 예감 때문이었다.

지금 키리츠구가 대기하고 있는 곳은 후유키 시 미야마초의 서쪽에 위치한 엔조잔円藏山의 정상, 류도지柳洞寺의 뒤편에 있는 연못 부근이었다.

어젯밤 토오사카 저택에서 토키오미의 탈락과 코토미네 키레이의 재기를 확신한 키리츠구는, 곧바로 신도심의 교회를 강습했다. 하지만 대행자의 근거지였을 그곳은 이미 텅 비어 있었다. 약 한 시간 정도 전까지는 사람이 있던 흔적이 남아 있었으니 아마도 종이 한 장 차이였을 것이다. 마토 저택과 토오사카 저택에 침입하는 데 시간을 들였던 것이 치명적인 시간 낭비가 되었다.

그 시점에서 키리츠구는 아이리스필의 수색을 과감히 단념했다. 이 이상 그녀에게 집착하면 이후로는 점점 더 적의 술수에 빠지게 될 것이라고 판단했기 때문이다. 제대로 승기를 쥐려 한다면 키리츠구는 아내를 생각하는 남편으로서가 아니라, 성배를 구하는 마스터로서 싸움에 임할 수밖에 없었다.

아인츠베른 진영이 지닌 비장의 카드라고 할 수 있는 '성배의 그릇'을 상실한 것으로, 키리츠구는 시작의 세 가문 이외의 외래 마스터와 같은 조건에서 성배전쟁에 참가할 수밖에 없다. 우위를 살려 철저히 수비를 하며 적의 실수를 유도하는 책략이 아니라, 앞서 가는 라이벌을 추월하기 위한 기습작전이 요구된다. 그렇게 생각했을 경우, 앞의 앞을 내다보는 전략으로 유효한 것은 종반전을 내다보고 토대를 확고하게 하며 덫을 치는 방법이었다.

표면적으로는 배틀로열battle royal의 형식을 취하고 있는 성배전쟁이지만, 상황이 전개되어 감에 따라 전황은 진陣 빼앗기 싸움의 양상을 띠기 시작한다. 성배강림의 의식을 집행하는 것이 최종 목적인 이상, 그 제단으로 적절한 장소를 확보하는 것은 승리자로서 피해갈 수 없는 과정이다.

후유키에서 성배의 소환 장소에 어울릴 만한 영격靈格을 지닌 곳은 네 군데.

제1위의 장소는 천연 대동굴인 '류도龍洞'가 위치한 바로 이 엔조잔이다. 이곳은 유스티차를 기반으로 하는 대성배가 설치된, 세 가문만이 아는 비밀의 제단으로 180년 전부터 준비되어 온 요지 중의 요지다.

토지의 제공자인 토오사카 가는 최상의 영맥을 자신들의 거점으로 확보할 수 있는 우선권을 가지고 있었지만, 엔조잔에 충만한 마력은 너무 강해서 다음 대의 술사를 육성하는 생활의 장으로서는 너무 위험했기 때문에 제2위의 영맥에 거점을 마련했다. 그것이 현재의 토오사카 저택이다. 이곳은 비록 대성배에는 뒤지지만 성배를 강림시키기에는 충분한 영력으로 지탱되고 있다.

제3위의 영맥은 당초에 이주해 온 마키리에게 넘어갔다. 그러나 나중에 토지의 영기가 일족의 속성에 맞지 않는다는 것이 판명되어서, 마토 저택은 다른 장소로 이축되고 원래의 영맥은 이후 개입한 성당교회가 차지하게 되었다. 현재 후유키 교회가 세워진 언덕 위가 그곳이다. 엔조잔에서 멀찍이 떨어진, 강을 사이에 두고 반대편에 있는 신도심 교외에 위치하고 있지만, 영격으로는 제2위와 그리 차이는 없다.

제4위의 영맥은 원래 이 토지에 존재했던 것이 아니었다. 앞선 세 개의 영맥이 마술적으로 가공되면서 미묘하게 변조를 일으킨 마나의 흐름이, 100년 이상에 걸쳐 정체되고 어떤 지점에 응어리지게 되어서 출현한, 이른바 후천적인 영지靈地다. 의식을 치르기에 충분한 영격을 갖추고 있음이 후일 조사를 통해 확인되어, 세 번째 성배전쟁부터는 후보지에 오르게 되었다. 현재 신도심의 신흥주택지 한복판에 위치한 이곳에는 새로운 시민회관이 건설되어 있다.

코토미네 키레이가 설령 '성배의 그릇'을 손안에 넣었다고 해도, 최종적으로는 네 군데의 영지 중 어느 한 곳에서 의식을 완성시켜야만 한다. 그곳에 먼저 가서 덫을 치고 매복할 수 있다면 역전의 찬스는 충분히 있다.

공교롭게도 후유키 교회가 무인 상태로 방치된 것이 키리츠구에게 토오사카 가와 후유키 교회라는 제2, 제3의 영맥을 우선적으로 확보할 수 있는 기회를 주었다. 불행 중 다행이라고 해야 할 이 이점을 최대한으로 활용하기 위해 키리츠구는 가지고 있는 모든 폭약을 동원해서 아침까지 두 건물을 거대한 트랩으로 만들었다. 그리고 한낮 이후로는 류도지를 새로운 거점으로 삼아 감시를 계속했다.

아마도 키레이는 이 엔조잔을 의식의 장소로 선택할 것이라고, 키리츠구는 그렇게 짐작하고 있었다. 적이 후유키 교회에서 모습을 감춘 것에는 물론 은둔의 의도도 있겠지만, 미리 확보해 둔 영맥을 빤히 알면서 포기한 것을 보면 처음부터 보다 고위의 영지靈地에서 의식을 행할 의도가 있었다고 추측된다. 그렇게 생각하면 토오사카 토키오미를 말살한 시점에서 수중에 넣었을 토오사카 저택에서도 키레이는 간단히 떠나갔으니, 남는 것은 엔조잔의 대성배밖에 없다.

물론 모든 것이 키리츠구로 하여금 잘못된 결론을 내리게 하기 위한 속임수였고, 키레이가 다시 후유키 교회나 토오사카 저택으로 돌아올 가능성도 제로는 아니다. 하지만 그런 경우도 대비해서 키리츠구는 어느 건물에나 발을 들이면 살아서는 나갈 수 없을 만한 장치를 설치해 두고 왔다. 폭살한 뒤의 돌무더기 속에서 '성배의 그릇'만 확보하면, 그것으로 힘들이지 않고 승부는 결정된다. …물론 아이리스필은 이미 목숨을 잃었을 것이라고 달관하고 있다.

게다가 상대에게 이쪽의 허점을 찌를 의도가 있다고 한다면 제4의 영맥인 후유키 시민회관도 무시할 수 없겠지만, 키리츠구는 그곳에 감시용 사역마를 한 마리 배치해 두는 것만으로 일을 마쳤다. 나중에 영격이 확인된 그곳은 어떠한 세력의 손에도 넘어가지 않고 주술적인 방어도 설치되지 않은 채로 현재에 이르는, 이른바 '맨땅' 이다. 다른 세 개의 의식 후보지가 '공략하기 어렵고 방어하기 쉬운' 지세地勢인 것에 비해, 시민회관은 마술전魔術戰의 관점으로 말하면 전혀 요충지의 형태를 이루고 있지 않다.

가령 코토미네 키레이가 시민회관에 나타난다고 해도 그때는 정면으로 습격하면 된다. 확실히 최악의 전개이기는 하지만, 뒤늦게 손쓰게 되었을 때의 위험부담이 가장 낮은 것도 이곳이다. 우선순위로 말하자면 역시 무슨 일이 있더라도 확보해야만 하는 곳은 엔조잔 쪽이다.

하다못해 마이야가 무사했더라면 시민회관 쪽을 확보하게 한 뒤에 만전의 대비를 갖추고 키레이를 요격할 수 있었을 것이다. 그러나 그것은 후회해 봐야 별수 없다. 지금 의지할 수 있는 것은 자기 자신뿐이다.

문득 키리츠구는 나탈리아를 잃고 얼마 지나지 않았을 무렵을 떠올렸다. 생각해 보면 팀을 짜지 않고 단독으로 행동한 경험은 의외로 적다. 그것을 의외라고 느끼게 되는 것은, 결국 늘 살아남는 것은 키리츠구 혼자뿐이었기 때문일까.

그러고 보면 키리츠구는 고독이라는 말과는 거리가 먼 인생을 걸어왔다. 그것은 고독하다기보다 참으로 잔혹한 생애였다. 항상 키리츠구의 곁에는 누군가가 있었다. 그 '누군가' 를 죽이거나 혹은 죽음에 이르게 하는 원인을 만들어 왔던 사람 역시, 다름 아닌 키리츠구 자신이었다.

마이야와 아이리스필도 만났을 때부터 이별이 약속되어 있던 자들이다. 그리고 아니나 다를까, 또다시 키리츠구는 홀로 살아남은 채, 마지막 싸움에 임하려 하고 있다. 이런 식으로 시작되어 이런 식으로 끝나는 것이 분명 에미야 키리츠구의 천명인 것이리라. 자신 같은 인간이 누군가가 지켜보는 가운데 생을 마치다니, 그런 부조리가 허락될 리 없다.

절의 바깥문에 설치해 둔 결계가 접근하는 존재를 감지했다. 키리츠구는 쓸데없는 생각을 중단하고 캘리코 단기관총을 손에 들고 경내를 살핀다. 하지만 경계할 필요는 없었다. 다가오는 마력의 파동은 키리츠구가 이미 알고 있는 것이다.

그러고 보니—아마도 그에게 최강의 조력이 되는 존재를 아군의 머릿수에 넣지 않았던 것에 키리츠구는 기가 막혀 실소했다—그녀도 아직 살아 있었다. 키리츠구의 책략에서 벗어나 움직이는 이 고결한 기사를, 과연 '아군'의 머릿수에 넣어도 좋을지 어떨지는 미묘하지만.

몸을 숨기고 있어도 서번트가 자신의 마스터의 위치를 잘못 볼 리도 없다. 세이버는 망설이지 않고 키리츠구가 숨어 있는 나뭇가지 앞까지 다가오더니 대화할 수 있는 거리 안, 그러면서도 참격의 거리 밖이라는 미묘한 위치에서 발을 멈췄다. 친근하게 대화를 나누기에는 너무 먼 그 거리야말로 이 서번트와 마스터를 가로막는 마음의 거리이기도 했다.

슬림한 슈트 차림은 평소의 단정한 자세를 무너뜨리지 않고 있지만 그래도 표정만은 초췌한 빛을 감출 수 없었다. 영령인 그녀에게 육체적인 피로는 전무하더라도, 조급해진 만큼 정신적 소모는 피할 수 없었을 것이다. 아이리스필의 옆에서 시중을 들고 있었을 무렵의 늠름한 눈빛은 지금 명백히 기세가 사그라져 있었다.

무언의 시선으로 맞이한 키리츠구에게, 세이버 역시 형식적인 인사를 나누는 것조차 무의미하다고 생각했는지 초연하게 시선을 떨어뜨린 채로 입을 열었다.

"어젯밤부터 시내를 샅샅이 돌며 아이리스필을 찾고 있습니다만 여전히 단서조차 찾을 수 없었습니다. 죄송합니다."

전혀 돌보지 않고 방치하고 있던 서번트가 하룻밤 동안 무엇에 시간을 소비하고 왔는지 키리츠구는 흥미도 없었고, 또한 예상되던 그 무위한 행동에는 대답할 말도 떠오르지 않았다.

이 마당에 이르러서도 세이버의 목적은 여전히 '아이리스필의 구출'이다.

지난밤부터 아침에 걸쳐서 키리츠구가 코토미네 키레이를 향한 죽음의 덫을 착착 준비하고 있던 동안, 아마도 이 서번트는 그저 마구잡이로 아이리스필의 모습을 찾아서 정처 없이 시내를 뛰어다니고 있었던 것이리라.

그것은 기사로서의 고집일까, 한 번 모신 자에 대한 우직할 정도의 충성심일까…. 그녀의 행동은 계획성 없는 어리석은 짓임과 동시에, 가장 먼저 아내의 생존을 체념하고 전략을 전환한 키리츠구에 대한 통렬한 비판이기도 했다.

물론 그런 빈정거림을 위해 이런 곳까지 발길을 옮긴 것은 아니리라. 세이버는 그저 아이리스필을 수색하던 중에 류도지에 들르고, 그곳에서 자신의 마스터의 기척을 느낀 것뿐이다. 그러나 이틀 만에 얼굴을 마주한 두 사람은 그 지침과 행동의 차이를 새삼 확인할 뿐이었고, 결국 더더욱 서로가 맞지 않음을 재확인할 수밖에 없었다.

어두컴컴한 나무 그늘 속에서 싸늘하게 이쪽을 바라보는 키리츠구의 시선을 받고, 세이버의 마음속에 메마른 예감이 찾아온다. 아마도 모든 싸움이 끝난 그때까지, 그녀는 자신의 마스터와 올바른 형태로 대화를 나누는 일은 한 번도 없을 것이라고.

"…그러면 저는 계속해서 아이리스필을 찾아보겠습니다. 무슨 일이 있을 때에는 저번처럼 영주로 소환을 부탁드립니다."

그렇게만 고하고 세이버는 발걸음을 돌려 경내를 향했다. 물론 키리츠구는 멈춰 세우는 것도, 떠나가기 전에 노고를 치하하는 것도, 아무런 행동도 하지 않았다.

성배의 쟁탈이라는 관점에서 보면, 키리츠구의 행동이야말로 최선의 계책이라는 것은 세이버도 이해하고 있다. 그렇기에 이

자리는 맡겨 두면 된다고 의심 없이 판단할 수 있었다. 키리츠구를 혼자 내버려 두는 것에 불안은 없다. 여차할 때에 서번트를 필요로 하는 국면이 되면, 영주의 강제력이 공간조차 초월해서 그녀를 불러들이는 것은 어제의 체험으로 확인을 마쳤다.

속세와 절의 바깥문을 잇는 긴 돌계단을 내려가면서 세이버는 불쾌할 정도로 강하게 내리쬐는 햇살에 눈을 찡그렸다.

쓰러뜨려야 할 적의 모습은 보이지 않고 지켜야 할 존재의 위치도 파악하지 못하고 있다. 그저 한시의 유예도 없다는 확실한 직감만이 있을 뿐이다.

어디로 가야 할지도 알지 못하는 채로, 달라붙는 듯한 초조함만이 그녀를 내부에서 몰아대고 있었다.

—16:05:37

계절에 어울리지 않는 여름 같은 더위도, 코토미네 키레이와는 인연이 없었다.

차가운 물기를 머금은 어둠 속은 지상의 시끄러움에서 완전히 격리되어 있다. 그곳은 밤을 기다렸다가 행동에 나설 때까지의 은둔 장소로는 절호의 조건을 갖추고 있었다.

후유키 교회에서 퇴거한 키레이가 임시 은신처로 이용하고 있는 곳은 예전에 우류 류노스케와 그 서번트인 캐스터가 근거지로 삼았던, 끔찍하기 이를 데 없는 소행으로 피에 물들었던 지하동굴. 즉 후유키 시의 하수도 망 깊숙한 곳에 있는 저수조였다. 이전에 키레이가 소환했던 어새신이 통한의 실수를 저질렀던 장소이지만, 그 기억이 키레이로 하여금 잠행 장소로 선택하게 만들었으니, 그것은 얄궂다고밖에 말할 방법이 없다.

과거에 리세이의 지시에 의해 모든 마스터의 표적이 되었던 캐스터가 미온 강에서의 난투까지 살아남았다는 사실이 이 장소의 비닉성을 무엇보다 강하게 증명하고 있다. 유일하게 이곳을 간파해서 밀고 들어왔던 라이더와 그 마스터도 지금 와서 다시 캐스터의 공방에 눈길을 주는 일은 없을 것이다.

안전의 확보를 확신하고서, 키레이는 현재의 전국戰局을 돌아본다.

토오사카 토키오미를 배제하고 마토 카리야를 농락했으며, 성배의 그릇을 확보한 데다 세이버와 라이더를 서로 물어뜯게 만들어 충돌시키고 자신의 위치도 은닉한다….

전부 그가 성배전쟁으로의 복귀를 결의하고 나서 하루 만에 거둔 성과다.

운이 따랐다고는 해도, 만사가 너무나도 순조롭게 흘러가면서 극한 혼돈에 빠져 있던 성배전쟁의 추세를 단숨에 뒤엎어 놓았다. 이것에는 당사자인 키레이 본인조차 오싹해질 정도의 놀라움을 느끼고 있었다.

지금 키레이는 싸움의 초기단계에 토오사카 토미오미가 점하고 있던 우세를 그대로 찬탈하는 모습으로 인계하고 있다. 이번 성배전쟁에서 최강의 서번트로 현계한 아처를 손에 넣고, 상성으로 볼 때 난적이었던 버서커를 마스터째로 꼭두각시로 만든 시점에서 이미 키레이의 우세를 위협할 요소는 전무하다.

세이버와 라이더의 싸움이 어떠한 형태로 결판이 났더라도, 살아남은 쪽을 아처의 초超보구로 격멸하면 그것으로 서번트 간의 싸움은 정리된다. 만에 하나라도 기사왕과 정복왕 쌍방이 생존, 혹은 뭔가 잘못되어 화해하고 협력해서 도전해 온다고 해도 그때는 수비요원인 버서커가 있다. 카리야는 아오이와의 일로 이미 폐인이나 다름없지만, 버서커는 자발적으로 세이버를 습격할 것이니 사령탑으로서의 마스터 따윈 필요 없다.

굳이 말하자면 귀추를 예측할 수 없는 라이더와의 싸움에 대비한 모략 두세 가지를 꾸며 두면 완벽하겠지만, 그것은 아처가 좋아하지 않는다. 그리고 이 싸움은 키레이 개인의 것이 아니라, 영웅왕을 위한 투쟁이기도 하다. 정면으로 패권을 다투는 것이 투사의 바람이라면, 그 의향 역시 존중받아야 한다는 것이 키레이의 견해였다. 그 점에서 코토미네 키레이의 관념은 서번트를 도구로서 부리기만 하는 마술사들과는 선을 달리한 것이라고 말할 수 있다.

애초에 아처와의 관계에서는 단 한 획의 영주도 행사할 생각이 없다. 저 정도로 강대한 자아를 내세우는 남자라면, 억지로 이쪽의 뜻에 맞추게 한들 결국 역효과밖에 나지 않을 것이다. 저 서번트는 장기말처럼 조종하는 것이 아니라, 날씨나 바람의 방향과 같은 환경적 요인의 하나로 간주하고 '이용'하는 것이 최선이다. 뱃사람은 바람을 조종할 수 없지만, 돛을 어떻게 조작하느냐에 따라 자유롭게 배를 움직일 수 있다. 그것과 같은 이치다.

실제로 현재 아처는 어두운 지하에 틀어박혀 있는 것은 싫다며 외부로 방자하게 돌아다니고 있다. 키레이 역시 필요할 때에는 아처 쪽에서 달려와 줄 것임을 알고 있으므로 아무런 불안도 느끼지 않는다. 키레이는 영웅왕에 대해서만큼은, 자신의 사역

마라기보다 이해가 일치하는 동맹자로서 인식하고 있었다.

사실 리세이에게 물려받은 영주의 보다 효과적인 사용법은 따로 있다. 마술각인을 갖고 있지 않은 키레이에게, 설령 소모성이라고 해도 술법의 행사를 백업해 줄 수 있는 수단이 생긴 것은 정말 큰 도움이 된다. 지금의 키레이라면 숙련된 마술사와 전투를 벌이게 될 경우에도 충분히 승기를 찾아낼 수 있다.

오늘 밤, 아마도 마지막이 될 서번트 간의 격돌로 성배의 행방이 결정될 것이다. 방관하는 입장의 키레이는 그저 가만히 앉아 때를 기다릴 뿐이다. 마스터인 그가 우려해야 할 것은, 오히려 서번트 간의 싸움 밖에 있는 모략. 그곳에야말로 키레이가 정말로 노리고 있는 적이 있다.

에미야 키리츠구. 현 단계에서도 여전히 키레이의 발목을 잡고 우위를 뒤엎을 수 있는 존재가 있다면, 그 녀석이다.

원래부터 키레이는 그와 대치하기를 기대해 왔다. 하지만 상대가 철저한 암살자인 이상, 원하는 형태로는 만날 수 없다. 에미야 키리츠구와 정면으로 대치할 수 있는 상황을 만들고자 한다면, 지속적으로 국면을 리드해서 선제권을 확보하고 있을 필요가 있었다. 키리츠구에게 주도권을 빼앗긴다면, 키레이는 끝까지 상대의 모습조차 보지 못한 채 등 뒤에서 비수를 맞게 될 것이다. 그래서는 의미가 없다.

에미야 키리츠구가 이 저수고를 포착하지 못한 것은 일단 확실하다. 그렇지 않다면 우류 류노스케는 보다 이른 단계에서 말살당했을 것이다. 여기에 숨어 있는 한, 키리츠구의 기습은 없다. 지금은 그저 상대를 애타게 만들어서 헛수고를 하도록 놔두면 된다. 대결의 자리는 어디까지나 키레이 측에서 마련할 생각이었다.

논리적으로 움직이고 있을 키리츠구의 예측을 전부 배신하고, 기다리고 있는 키레이 앞에 키리츠구가 스스로 모습을 드러낼 수밖에 없게 만드는 환경. 이미 전망은 확실하다. 남은 것은 그저 밤이 찾아오기를 기다릴 뿐이다.

문득 괴로운 듯한 신음소리를 듣고, 키레이는 어둠 한 구석에 눈길을 주었다. 그곳에는 버서커의 손에 납치되어 온 아인츠베른의 인형이 누워 있다. 아무렇게나 드러누워 있는 것이 아니라, 간이이긴 해도 마법진을 구성해 주위에 마력을 유입하는 처치를 해 두었다. 지맥과 떨어져 있는 장소이지만, 이곳은 예전에 캐스터가 산 제물의 혼을 마음껏 탐식한 곳이기 때문에 지금도 그때 흘린 마력이 곳곳에 괴어 있다. 그것을 제공하는 것이 그녀에게 기분 좋은 일일지 어떨지는 제쳐 두고, 상태를 안정시키는 정도의 효과는 충분히 있을 것이다.

물론 지금 바로 배를 찢어서 그 '성배의 그릇' 을 끄집어내도 아무런 문제는 없을 테지만, 키레이로서는 이 여자와 한 번 대화할 기회를 갖고 싶었다. 일부러 수고를 들여 마력을 주고 있는 것도 그것 때문이다.

"들리나? 여자."

"……."

마르고 갈라진 숨소리와 함께 호문쿨루스가 눈꺼풀을 열었다.

초점을 잃은 공허한 시선은 명백히 시력이 감퇴되어 있는 듯 했지만, 그래도 원수의 목소리는 판별한 것 같았다.

"코토미네… 키레이…. 그래, 역시 당신이 배후였구나…."

"이제 곧 성배전쟁은 끝난다. 아마도 내가 너희들 아인츠베른의 비원을 이루는 자가 되겠지."

자부할 정도는 아니지만, 그것은 어떻게 보더라도 당연한 결말이라고 할 수 있을 것이다.

"여전히 협력적인 태도는 아닌 것 같은데, 내가 성배를 얻는 것이 그렇게나 불만인가?"

"당연하지…. 내가 성배를 맡길 사람은 단 한 명…. 결코 당신 따위가 아니야, 대행자."

지금 상태로는 말하는 것조차 힘들 터인데, 그래도 목소리에 증오를 가득 채워서 내뱉는 여자의 기백에 키레이는 살짝 눈썹을 찡그렸다.

"이해 못 하겠군. 너는 단순히 성배를 운반하는 기능만을 지닌 인형이야. 승패의 귀추보다 의식을 달성하는 것이 최대의 목적일 터인데. 이 상황에 이르러서, 어째서 그렇게까지 특정 마스터에 집착하지?"

"그래, 이해할 수 있을 리 없겠지…. 성배에 맡길 기도조차 갖지 못한 너에게는."

밉살스러운 조소의 말에 또다시 키레이는 당황한다. 이 여자는 정말로 인형인가? 혼 따위는 가지고 있지 않을 호문쿨루스에게, 무엇이 이렇게까지 감정의 흉내를 내게 하지?

"코토미네 키레이…. 너는 싸우는 의미조차 이해하지 못하는 공허한 남자야. 너는 결코 그 사람에게 이길 수 없어…. 각오해. 나의 기사가, 나의 남편이 언젠가 반드시 너를 쓰러뜨릴 거야…."

"…어째서 네가 나에 대해서 이야기하지?"

그것에 더해 키레이를 당혹스럽게 만든 것은 여자가 말하는 내용이다. 어째서 이 인형은 그렇게까지 적확하게 그의 본심을 꿰뚫고 있는가. 토키오미도, 그리고 아버지와 아내조차 결코 그곳에는 이르지 못했는데.

"후후, 무서워? 좋아, 알려 줄게…. 너의 내면은, 전부 에미야 키리츠구에게 간파되어 있어. 그렇기에 그 사람은 너를 경계하고, 최악의 적으로 인식했지…. 분명히 키리츠구는, 누구보다도 냉혹하게, 누구보다도 용서 없이 너를 공격할 거야. 각오하도록 해…."

그렇군…. 만족스럽게 납득함과 동시에, 키레이는 끄덕였다.

그 남자라면 어쩌면, 이라고 생각했다. 자신을 이해할 수 있는 존재가 있다면 분명히 그것은 자신의 동류일 것이라고.

과연, 에미야 키리츠구는 그 기대를 배반하지 않았다. 단 한 번도 만나지 않고도, 그는 코토미네 키레이에 대해 과장 없이 적확한 평가를 내렸던 것이다.

"감사한다, 여자. 그 말은 나에게 복음이다. 에미야 키리츠구는 역시 내가 생각하던 대로의 남자였군."

그러나 키레이를 향해 돌아온 것은 자못 어이없다는 듯한 실소였다.

"…한없이 어리석은 남자 같으니. 네가? 키리츠구를 이해할 수 있다고? …흐흥, 우스워서 배가 아파. 누구보다도 그 사람하고는 거리가 먼 남자인 주제에."

"…뭐라고?"

자기도 모르게 초조함이 엿보였다. 그럴 정도로 흘려들을 수 없는 말이었다.

"그래…. 키리츠구가 너를 꿰뚫어 보았다고 해도, 그 반대는 있을 수 없어. …그 사람의 마음속에 있는 것을, 코토미네 키레이, 너는 아무것도 가지고 있지 않으니까."

조소의 말이 계속해서 이어지기 전에 키레이는 여자의 가느다란 목을 움켜쥐었다. 기묘하게도 숲에서 벌였던 사투의 재연이라고 해야 할 구도였지만, 지금 키레이의 가슴에 소용돌이치는 분노와 당혹은 그때에 비할 바가 아니었다.

"…인정하지. 확실히 나는 공허한 인간이다. 무엇 하나 가지고 있는 것이 없어."

쏟아내는 말은, 처음에는 평탄한 억양이었지만 뒤로 갈수록 격정의 빛이 드러났다.

"하지만 그런 나와 녀석이 다를 게 뭐가 있지? 그토록 오랫동안, 아무런 이득도 없는 싸움에 몸을 던지고, 거기서 배우는 것 하나 없이 그저 살육만을 되풀이해 온 남자가! 그 정도로 궤도를 벗어난 행동이, 그 정도의 헛수고가, 길 잃은 자의 것이 아니고 뭐란 말이냐?!"

묻는다. 온 힘을 다해서 묻는다.

생각할 수 있는 모든 시련과 바랄 수 있는 모든 수난을 거쳐도 여전히 이르지 못한 해답을 갈구한 나머지, 고뇌하는 혼은 으르렁거리듯 힐문했다.

"자, 인형. 대답할 말이 있다면 나에게 고해라. 에미야 키리츠구는 무엇을 바라기에 성배를 구하지? 녀석이 원망기願望機에 맡기는 기도란 뭐지?!"

그리고 키레이는 도전하듯이 호문쿨루스의 목에서 손을 뗐다. 단 한 번의 대답을 위해 호흡을 허락한다. 어설픈 대답을 한다면 이번에야말로 숨통을 끊겠다는 무언의 경고를 담아서.

하지만 인형 여자는 두려움 따윈 티끌만큼도 보이지 않았다.

키레이의 무릎 아래서 웅크린 채 힘없이 콜록거리며 열심히 숨을 쉬려는 모습은 단말마의 애처로움마저 풍기지만, 그래도 여전히 완고하게 키레이를 노려보는 시선에는 마치 승리했다는 듯한 조소와 자랑스러운 듯한 우월감이 어려 있었다.

마치 무릎을 꿇고 있는 것은 코토미네 키레이 쪽이라고 말하는 듯이.

"좋아. 알려 줄게. 에미야 키리츠구의 비원은 인류의 구제. 모든 전란과 유혈의 근절. 항구적인 세계평화야."

처음 그 말을 들었을 때, 키레이는 그것이 너무나도 악질적인 농담이라고밖에 생각되지 않아서 실소로 답하는 것에조차 몇 초의 시간이 필요했다.

"…뭐지, 그건?"

"네가 이해할 수 있을 리 없지. 그것이 너와 그 사람과의 차이야. 신념의 유무라는 차이."

이 여자가 이야기하는 인물은 정말로 키레이가 아는 에미야 키리츠구와 동일인물일까? 키레이는 그것조차 의심스러워지기 시작했다. 대체 에미야 키리츠구는 이 인형 앞에서 어떠한 인간으로 행동해 왔던 걸까.

"…여자여. 너는 애초에 에미야 키리츠구의 무엇이지?"

"아내로서 그 사람의 아이를 낳았어. 그 사람의 마음을, 고뇌를, 나는 9년에 걸쳐 지켜보았지. …단 한 번도 그 사람과 만난

적이 없는 너하고는 달리 말이야."

9년간. 혹은 그 사이에 그저 장난으로 헛소리를 불어넣어 왔던 것은 아닐까 하는 의심이 없었던 것도 아니다. 그렇지만 그런 일은 있을 수 없다고 키레이의 직감이 부정했다. 이 여자가 지닌 자아의 중심에 있는 것은 틀림없이 에미야 키리츠구에 대한 신뢰다. 알맹이 없는 거짓말을 기반으로 이 정도의 강고한 인격이 형성될 수 있으리라고는 생각할 수 없다. 애초에 이 여자는 원래 단순한 인형에 지나지 않는 존재이니까.

분노의 초점이 눈앞의 여자에게서 벗어나기 시작했다. 우울함을 감추지 않은 한숨을 내쉬고, 키레이는 옆에 준비해 둔 의자에 앉았다.

"아이리스필 폰 아인츠베른. 너는 9년의 세월을 좋은 아내로서 살아온 건가? 에미야 키리츠구의 애정을 차지해 온 건가?"

"…어째서 그런 것을 네가 신경 쓰지?"

"이해할 수 없기 때문이다. 너희들의 인연을. 너는 키리츠구를 남편으로서 자랑스러워하고 신뢰하고 있어. 마치 진짜 부부인 것처럼. 하지만 에미야 키리츠구가 성배를 원하는 남자라면 너는 그 비원을 달성하기 위한 도구에 지나지 않을 거다. 쓸데없는 애정 따윌 쏟을 이유가 없어."

"…그런 그 사람을 어리석다고 비웃을 거라면, 나는 너를 용서하지 않겠어."

그것은 양보할 수 없는 것을 건 자만이 할 수 있는 단호한 말이었다.

"…나에게는 아버지도 어머니도 없어. 사랑의 결실로 태어난 몸도 아니야. 그래서 '좋은 아내'가 어떤 것인지 알 방법도 없어. 그래도 그 사람에게 받아 온 사랑이야말로 나의 전부야. 그것만은 누구도 침범할 수 없어."

"그렇다면 너는 아내로서 완벽하겠지, 아이리스필."

찬사도 아니고 빈정거림도 아닌, 그저 아무런 흥미도 없는 판정을 내리듯이 키레이는 고했다.

"하지만 그렇기에 키리츠구의 생각을 알 수 없어. 그렇게까지 아내인 너를 사랑하면서도 어째서…. 항구적인 세계평화라고? 어째서 그런 무의미한 이상을 위해서 사랑하는 자를 희생할 수 있지?"

"…기묘한 질문이네. 너 같은, 스스로 인정할 정도로 무의미한 남자가…. 타인의 이상을 무의미하다고 비웃는 거야?"

"누구라도 비웃을 거다. 사리분별이 있는 어른이라면."

조금 전까지와는 전혀 방향성이 다른 분노가, 지금 다시 키레이의 가슴 안에서 부풀어 오르고 있었다.

"투쟁은 인간의 본성이다. 그것을 근절한다는 것은 인간을 근절하는 것이나 마찬가지야. 이것이 무의미한 것이 아니고 무엇이겠나? 에미야 키리츠구의 이상이란 애초부터 이상으로서 성립되지 않아. 완전히 어린아이의 헛소리야!"

"…그래서 그 사람은 끝끝내 기적에 의지할 수밖에 없게 된 거야…."

달관한 듯 조용한 목소리로 아이리스필은 중얼거렸다.

"그 사람은 이상을 추구하기 위해서 모든 것을 잃어 왔어…. 구원할 수 없는 것을 구원한다는 모순을 위해, 항상 벌을 받고 빼앗겨 왔어…. 나도 역시 그런 사람 중 하나야. 오늘까지 수도 없이, 그 사람은 사랑하는 사람을 버리는 결단을 강요받아 왔어…."

키레이는 의자에서 일어서면서, 바닥이 꺼진 듯 어두운 눈으로 아이리스필을 응시했다.

"그것이 이번 일에 한해서가 아니라, 그 남자의 삶 자체라고?"

"그래. 키리츠구는 이상을 좇기에는 너무 자상한 사람이야. 언젠가 잃을 것을 아는 상대조차 사랑하지 않을 수가 없다니…."

키레이에게 이미 이 문답은 끝나 있었다. 눈앞에 웅크린 호문쿨루스에 대한 흥미는 이미 한 조각도 남지 않았다.

"…이해했다."

딱딱하고 강인한 손가락으로 여자의 목덜미를 꽉 눌러서 혈류를 중단시킨다.

그렇게 해서 몹시 쇠약해진 상대의 의식을 힘들이지 않고 끊으면서, 키레이는 조용히 중얼거렸다.

"잘 이해했다. 그것이 에미야 키리츠구인가."

저항도 하지 못한 채 혼절한 여자를 그대로 내버려 두고, 허무한 마음의 대행자는 멍하니 허공의 어둠을 바라본다.

결국 키레이는 처음부터 크게 잘못 생각하고 있었던 것이다. 의문은 해소되었다. 그리고 기대는 낙담으로 사라졌다.

에미야 키리츠구는 무의미한 행위에 갈등하면서 답을 찾아 왔던 것이 아니다.

그 남자는 단순히, 가치 있는 것을 전부 무의미로 돌려 왔던 것뿐이다.

소망을 갖지 않았던 것이 아니라, 있을 수 없는 것을 바랐기에 허무의 연쇄로 떨어져 갔다. 그 헛수고가, 그 낭비가 너무나도 어리석어서 구제할 길이 없다.

과연 키리츠구는 코토미네 키레이 내부의 텅 빈 구멍을 간파하고 있었는지도 모른다. 그 허무함에 공포를 느끼고 경계했는지도 모른다. 그러나 녀석은 그런 공허함을 품는 것의 의미까지는 결코 생각이 미치지 못했을 것이다. 키레이가 품은 미쳐 버릴 듯한 갈등 따윈 완전히 이해의 영역 밖이었을 것이다.

모든 것을 버리기를 반복해 왔다고 이야기되는 에미야 키리츠구의 생애.

그 남자가 방치해 왔다는 수많은 기쁨과 행복. 그중 가장 사소한 조각조차, 키레이가 보기에는 목숨을 걸고 지켜 내고, 또한 목숨을 버릴 만한 가치가 키리츠구에게 있었을 것이다.

그런 작은 조각조차 찾아내지 못해 길을 잃고 헤매 온 남자에게, 키리츠구라는 남자의 삶은 이미 동경도 선망도 넘어선 끝에 있다.

그 치유할 수 없었던 굶주림이, 메울 방법이 없었던 상실이, 그렇게까지 폄하되고 조롱받았다면… 어째서 이것을 용서할 수 있는가? 미워하지 않을 수 있는가?

가슴속 깊은 곳에서 끓어오른 시커먼 감정이, 키레이의 입가를 미소의 형태로 일그러뜨렸다.

드디어 얻은 것이다. 싸우는 의의를.

이미 성배 따윈 흥미 없다. 소망의 성취 따윈 전혀 안중에도 없다, 그래도 좋다.

그 기적에 모든 것을 건 한 남자의 이상을 눈앞에서 산산조각으로 부숴 버릴 수 있다면…. 설령 자신에게 아무런 가치도 없는 성배일지라도 빼앗을 만한 의미는 있다.

싸움을 앞둔 전사의 팔이 전율에 떨렸다. 지금 당장이라도 모든 흑건을 뽑아 들고 눈에 들어오는 모든 것을 꿰어 버리고 싶을 정도의 고양감이 가슴을 태운다.

피비린내에 탁해진 어둠 속, 코토미네 키레이는 소리 내어 웃었다. 수년간 끊어지고 없었던, 그것은 혼의 약동이었다.

— 04:16:49

꿈조차 꾸지 않는 깊은 잠의 바닥에서, 웨이버는 깨어났다.

눈꺼풀이 열리고 시야에 비친 바깥세상은, 잠들었을 때와 마찬가지로 어두웠다. 낮에 수면을 취했던 잡목림 안은 이미 별빛조차 닿지 않는 깊은 어둠 속에 가라앉아 있다.

다시 밤이 찾아왔던 것이다. 서번트를 다스리는 자들에게 도망칠 수 없는 싸움의 시간이.

그러나 살의처럼 싸늘히 식어 버린 밤공기에도 불안은 느끼지 않는다. 그런 불안도 공포도 전부 안개처럼 날려 버릴 흔들림 없는 기척을 바로 곁에서 느낀다.

이미 실체화해 있던 라이더는 완벽한 전투 채비를 마치고 얌전히 호메로스의 시집을 읽고 있었다.

웨이버에게는 무거워서 귀찮기만 하던 하드커버 책도, 정복왕의 우락부락한 손안에서는 어쩐지 불안할 정도로 작고 얇은 책으로 보인다. 그런 활자의 작은 세계에 거한은 정신없이 푹 빠져 있었다. 마치 페이지 하나를 넘기는 동작조차 재미있어서 견딜 수 없고, 그 손끝의 감촉조차도 사랑스럽다는 듯이.

정말로 좋아하는구나, 하고 어이없음을 넘어 쓴웃음이 나왔다. 지금 라이더에게 기습적으로 '왜 육신을 얻고 싶은가' 라고

물으면, 어쩌면 세계정복의 야망 따윈 깨끗하게 잊은 채로, '손가락이 없으면 호메로스를 읽을 수 없으니까' 라고 대답할지도 모른다. 이 남자는 그런 남자다. 동경하는 영웅담에 몰두하고, 맛난 술과 음식을 마음껏 먹고, 그런 일상다반사의 욕구와 다르지 않은 수준으로 세계제패의 야망을 품는다. 그런 말도 안 되는 큰 그릇으로 많은 남자들을 매료하고 이 세상의 끝까지도 정복하려고 했다.

인류의 역사에는, 과거에 이런 남자도 있었던 것이다.

"응? 오호, 눈을 떴구나. 꼬마."

벌써 몇 번을 읽었는지 모를 아킬레우스의 모험에 지금도 흥분이 가시지 않는지, 라이더는 재잘거리는 어린아이처럼 히죽거리면서 웨이버를 보았다. 그는 어느 누구에게도 똑같이 이런 웃는 얼굴을 향하는 것이리라. 과거에 생사를 함께했던 영웅들에게도, 웨이버처럼 어쭙잖은 실력의 마스터에게도.

"…밤이 되면 깨우라고 말했었는데, 뭘 하고 있었던 거야?"

"아~, 미안, 미안. 깜빡하고 푹 빠져 버려서 말이야. 하지만 오늘 밤은 평소처럼 초조해하지 말고 차분히 기다리는 편이 나을 것 같은 기분이 든다."

"어째서?"

다시 묻자, 거한은 이제 와서 새삼스레 생각에 잠기듯 고개를 갸웃거리며 턱을 긁었다.

"…으음. 뭐, 왠지 모르게. 딱히 근거가 있는 것은 아니지만, 오늘 밤쯤에 결판이 날 것 같은 예감이 들어."

그렇게, 마치 별일 아니라는 듯이 말했다.

웨이버도 그냥 살짝 고개만 끄덕이고 이유를 묻지는 않았다. 웨이버도 설명은 할 수 없지만, 피부로 느껴지는 공기에서 성배전쟁이 어떤 국면에 진입했음을 느끼고 있었던 것이다.

그렇다. 굳이 말하자면… 밤공기가 너무 조용하다.

웨이버가 아는 한, 탈락한 경쟁상대는 라이더가 직접 분쇄한 어새신과 미온 강에서 쓰러진 캐스터뿐이다. 하지만 당연히 그가 모르는 장소에서도 전투가 전개되고, 추이가 바뀌어 가고 있을 것이다.

그가 매일 느끼고 있던, 이 거리에서 느껴지는 괴이한 기운. 그것이 왠지 모르게 변질되어 있는 느낌이 든다. 혼돈에 빠진 소란스러움에서 팽팽히 긴장된 무거움으로.

어젯밤에 싸웠던 세이버의 초조한 듯한 모습도 그런 인상을 품은 원인 중 하나다. 아인츠베른 진영도 역시 뭔가 급박한 상황에 놓인 것이리라.

그래서 웨이버는 라이더의 직감에 이의를 제기할 생각은 들지 않았다. 수많은 전장을 거치고 전략을 지시해 온 정복왕이기에, 그 육감六感은 아마추어인 웨이버보다 훨씬 정확할 것이다.

로드 엘멜로이… 케이네스 강사는 과연 건재할까. 한때 원수로서 증오했던 상대의 소식조차도 지금은 어떤 종류의 감상을 불러일으키며, 왠지 모를 걱정을 하게 되었다.

영령과 함께 싸움에 임하는 것이 얼마나 상상을 불허하는 고행인지, 웨이버는 몸으로 뼈저리게 느꼈다. 아무리 재능 있는 사람으로 떠받들어져 온 인물이더라도, 마술사의 상식만으로는 가늠할 수 없는 것이 성배전쟁이다. 그가 자신과 같은 어려움을 맛보고 있다고 생각하면, 몹시 통쾌한 한편으로 미약하게나마 동정도 금할 수 없다. 같은 여섯 마스터 중에서 단 한 명, 케이네스만큼은 좋은 의미로도 나쁜 의미로도 웨이버와 인연이 있는 인물이기 때문이다.

만나면 서로 죽고 죽일 수밖에 없는 상대에게 그런 태평스런 감개를 품고 있는 자신. 웨이버는 새삼 자신의 심경 변화를 실감했다.

…그렇다, 예감이 어떻든 그의 성배전쟁은 이미 끝난 것이나 마찬가지다.

탄식하려고 하던 그때, 작지만 확실한 충격이 아직 남아 있던 잠기운을 날려 버렸다.

"뭐지, 지금 것은?"

"묘한 마력의 파동이었지. 요전에도 비슷한 것이 있었는데."

라이더의 지적에 웨이버는 떠올린다. 성당교회가 마스터들에게 소집을 내렸을 때의 신호. 그때와 완전히 같은 마력의 감촉이었다.

어쨌든 하늘을 올려다볼 수 있는 장소를 찾아서 재빨리 잡목림 밖으로 나와 보니, 북동쪽 방향에 마력의 광채가 반짝이고 있다. 그것도 지난번보다 명확한 색채를 띠고.

"저 패턴은…."

"뭐지? 뭔가의 암호인가?"

라이더의 물음에, 웨이버는 당황하면서도 끄덕였다.

"색이 다른 빛으로 4와 7… 'Emperor—황제'와 'Chariot—마차'. 달성과 승리를 의미하는 거야. 저런 봉화를 올린다는 것은…. 설마 저거, 성배전쟁이 결판났다는 의미인가?"

웨이버의 해석에 라이더는 이맛살을 찌푸렸다.

"무슨 소리냐, 그건. 짐을 제쳐 두고 대체 누가 승리를 낚아채 갔다는 거지?"

확실히 기묘한 이야기였다. 성배전쟁은 적대하는 모든 마스터와 서번트를 탈락시킨 뒤에야 비로소 결판이 날 것이다. 지금 여기에 라이더와 웨이버가 건재한 이상, 승리 선언은 성립할 수 없다.

"…애초에 저기는 후유키 교회가 있는 방향과는 전혀 달라. 이상해. 성당교회 녀석들이 올린 봉화가 아닐지도 몰라."

"아아, 난 또 뭐라고. 그런 거라면 납득할 수 있다."

웨이버가 의문을 말하자마자 라이더가 뻔뻔스럽게 콧방귀를

꿔며 끄덕였다.

"뭐, 뭐야?"

"요컨대 누군가 성급한 녀석이 멋대로 승리의 함성을 질렀다는 이야기다. '불만이 있는 자라면 여기로 와라' 라는, 저건 도발일 게야. 즉, 결전의 장소를 정해 놓고 꾀어 들이고 있는 거지."

자기 뜻을 이루었다고 말하듯, 라이더는 사나운 미소를 지으며 밤하늘에 반짝이는 봉화를 노려본다.

"좋아, 좋아. 찾아다니는 수고를 덜었다. 저런 도발을 받고 가만히 있을 수 있는 서번트가 있을 리 없지. 살아남은 녀석들은 모두 저 봉화가 오른 장소로 집결할 거다. 흐흥, 짐이 노린 대로야. 역시 오늘 밤이 가장 큰 결전이 될 것 같구먼."

정복왕의 굳센 거구가 환희에 가까운 투지에 떨렸다.

그런 용맹스러운 영령의 모습을, 웨이버는 어쩐지 멀리 있는 것을 바라보는 것처럼 차가운 시선으로 지켜보고 있었다.

"그렇구나. 이것이… 마지막이구나."

"그렇고말고. 자, 가야 할 전장이 정해졌으면 짐도 역시 '라이더' 클래스에 부끄럽지 않은 모습으로 달려가야만 한다."

라이더는 큐플리오트의 검을 뽑아 들고, 칼끝을 허공으로 높이 들어 올렸다.

"나오라, 나의 애마!"

부르짖음과 동시에 갈라 찢은 허공에서, 공간을 가르며 뿜어져 나오는 빛. 영령의 증거인 광채를 두르고 어둠 속으로 뛰어나온 것은, 웨이버에게도 낯이 익은 용맹스런 준마다.

뿔 달린 영령마英靈馬, 부케팔로스. 과거에 왕을 등에 태우고 동방세계를 유린했던 전설의 발굽의 주인. 지금 다시 시공을 넘어 '붕우' 의 곁으로 달려온 그녀는, 재빨리 새로운 전장을 원하듯이 아스팔트 노면을 밟아 울렸다.

이스칸다르의 비장의 카드인 '왕의 군세—아이오니언 헤타이로이' 의 면면은, 그 모두를 단숨에 모으게 되면 고유결계를 전개해서 세계로부터의 간섭을 피할 필요가 있다. 하지만 미온 강에서 전령 역할을 맡았던 미토리네스가 그랬던 것처럼, 단 한 기를 구현시키는 것뿐이라면 통상공간에서도 소환이 허용된다. '신위의 차륜—고르디아스 휠' 을 잃은 지금, 라이더가 자신의 클래스다움을 발휘하려고 한다면, '그녀' 의 등 위만큼 어울리는 장소가 없다.

"꼬마. 전차의 마부석보다 조금 거칠겠지만, 그 점은 단단히 각오하고 견뎌라. 자, 타도록 해라."

라이더는 걸터앉은 애마 위에서 몸을 조금 비켜 웨이버가 앉을 만한 공간을 만들고는 불렀다. 하지만 웨이버는 차가운 쓴웃음과 함께 고개를 저었다.

세상에 둘도 없는 이 준마의 등은 영웅에게나 어울린다. 범속하며 비소한 자가 있어도 될 자리가 결코 아니다.

예를 들면, 기초 중의 기초인 최면술에서조차 실수할 정도로 무능한 마술사 따위….

자신의 역량조차 파악하지 못하고 패도를 걷는 왕의 발목을 잡기만 하는 광대 따위….

지금 정복왕 이스칸다르가 달려가려는 영광의 길을, 자신의 발로 더럽혀도 될 리가 없다.

웨이버는 이해하고 있었다. 어젯밤 세이버에게 도전하려 했던 라이더의 결단을 마지막 순간에 망쳐 놓은 것이 마스터인 자신의 존재라는 것을. 그때 라이더가 건곤일척의 각오로 '약속된 승리의 검—엑스칼리버' 의 빛에 도전했더라면, 어쩌면 종이 한 장 차이로 세이버의 보구에 승리하고 기사왕을 신우의 발굽으로 짓밟았을지도 모른다. 그런 아슬아슬한 승부를 포기할 수밖에 없었던 것은 같은 마부석에 웨이버가 있었기 때문이다. 라이더는 마지막 순간에, 곁에 있던 광대를 지키기 위해 전차에서 뛰어내릴 수밖에 없었다. 당연하다. 그를 현계시키고 있는 마스터를 희생할 수 있을 리 없다. 그때, 세이버와 라이더의 승부를 결정지어 버린 것은, 약점인 마스터가 곁에 있었는가의 여부였다.

일찍이 웨이버 벨벳이야말로 승리자에 어울리는 그릇이라고, 철없이 들뜨던 시절도 있었다.

하지만 지금은 아니다. 이 열흘 남짓한 기간을 통해, 진짜 영웅이 어떠한 것인지를 직접 본 뒤라면. 자신의 무능함, 왜소함을 뼈저리게 느낀 지금이라면.

패배자에게는 패배자 나름의 고집이 있었다. 결코 닿을 수 없는 고귀한 등을, 하다못해 더럽히지 않고 지켜볼 수 있다면….

"내 서번트여, 웨이버 벨벳이 영주로써 명한다."

소년은 오른손 주먹을 들고, 아직 손대지 않은 채 온존해 왔던 영주를 드러냈다. 그것이야말로 눈앞의 영령을 묶는 족쇄이자, 그의 패도를 막는 최악의 장해였다.

"라이더여, 반드시 마지막까지 네가 승리해라."

그것은 강제할 것도 없는 당연한 명제일 뿐이다. 그렇기에 웨이버는 명했다. 계약의 마력을 발하며 사라져 가는 영주 한 획을 후련한 기분으로 떠나보내면서.

"다시 한 번 영주로써 명령한다. 라이더여, 반드시 네가 성배를 얻어라."

계속해서 제2의 영주가 사라져 간다. 그 광채에 아주 조금 가슴이 아팠다. 지금이라면 아직 늦지 않았다는 쓸데없는 망설임이 마음을 스쳤다. 너무나도 어리석은, 하찮은 미련이었다.

"거듭해서 영주로 명한다."

단호하게 마지막 한 획을 들고, 웨이버는 말 위에 앉은 왕을 응시한다. 하다못해 이 순간만은 위축되지 않고 그와 대치하고 싶었다. 마스터로서 최후에 남은, 그것이 최소한의 긍지였다.

"라이더여, 반드시 세계를 얻어라. 실패는 용납하지 않는다."

잇따라 해방된 세 개의 성흔은, 비축된 마력을 흩뿌리며 소용돌이치는 바람을 낳은 뒤에 덧없이 사라진다. 마술사로서의 웨이버가 이 정도의 마력량을 행사할 기회는 평생을 통틀어 다시 없을 것이다. 하지만 그래도 그는 태어나서 처음 진심으로 자신의 행위를 후련하다고 생각했다. 후회가 있을 리 없다. 모든 것을 잃은 대가로서, 그것은 충분하고도 남은 선물이었다.

자신의 손을 내려다보니, 그곳에는 방금 전까지 새겨져 있던 계약의 증표가 흔적도 없이 사라져 있었다.

"…자, 이걸로 나는 더 이상 너의 마스터도 뭣도 아니야."

웨이버는 고개를 숙이고 발밑을 향해서 토해 냈다. 지금 라이더가 어떤 얼굴로 이쪽을 보고 있을지는 알고 싶지도 않았다. 싸움을 포기한 겁쟁이 같은 모습에 어이없어하고 있을지도 모르고, 무능한 마스터로부터 해방된 안도감에 웃고 있을지도 모른다. 어느 쪽 얼굴이든 보고 싶지 않다. 가능하다면 만난 경위조차도 잊어버리고 싶을 정도다.

"자, 이제 가. 어디로든 가 버려. 너 같은 건, 이제…."

알겠다, 라고 무정하게 수긍하는 소리가 났다.

남은 것은 대지를 박차고 달려가는 말발굽 소리뿐…. 그렇게 생각하고 있던 웨이버의 목덜미가 휙, 하고 아무렇게나 들려 올라가고, 다음 순간 그는 가볍게 부케팔로스의 등 위에 앉아 있었다.

"물론 당장이라도 정벌하러 갈 거다. …그렇게나 시끄럽게 명령한 이상, 물론 네놈도 지켜볼 각오겠지? 모든 명령이 달성될 때까지 말이다."

"바, 바, 바보 멍청이 얼간아! 저, 저기 말이야. 야, 인마!"

너무나도 간단히 자신의 의사가 뒤엎어지자, 웨이버는 목소리가 어색해질 정도로 당황했다. 그 모습을 비웃는 것처럼 부케팔로스가 굵게 콧김을 내뿜는다. 말인 주제에 웃는 법까지 탄 사람을 쏙 빼닮았다고 느끼자마자, 웨이버는 그 자신도 영문을 알 수 없는 짜증에 휩싸이며 외쳤다.

"영주가 없다고! 마스터를 관뒀단 말이야! 왜 지금도 나를 데려가려는 건데?! 나는…."

"마스터가 아니라도, 짐의 붕우임에는 틀림없을 게야."

라이더가 여전히 태평스러운 미소를 지으며 던진 말이 다름 아닌 자기 자신을 향한 것이라는 걸 이해하자마자, 웨이버 내부의 가장 강고한 부분이 무너지고 말았다. 아주 소중하게 지켜 왔지만 부서지는 것은 단 한순간이었다.

단숨에 흘러넘친 눈물의 양은 너무나도 많아서, 그것이 코에서 아래까지 흘러내릴 무렵에는 콧물과 뒤섞여 엉망진창이 되어서 숨도 제대로 쉴 수 없었다. 하물며 목소리를 내는 것은 더더욱 곤란했지만, 그는 숨이 막히면서도 띄엄띄엄 묻지 않을 수 없었다.

"…나, 나는…… 나 같은 게… 정말로, 괜찮은 거야? …너의 옆자리에, 내가……."

"그만큼이나 짐과 함께 전장에 임했으면서 이제 와서 무슨 소릴 하는 게냐. 멍청한 놈."

흐느껴 우는 소년의 눈물을 마치 술자리의 헛소리인 것처럼 웃어넘기면서 정복왕은 그의 가느다란 어깨를 팡팡 두드렸다.

"네놈은 오늘까지 짐하고 함께 적과 맞서 온 남자가 아니냐. 그렇다면 붕우다. 가슴을 펴고 당당하게 짐과 나란히 서라."

"……!"

웨이버는 자조를 잊었다. 오늘까지의 굴욕을, 내일을 향한 두려움을, 지금 사지에 임하는 이 순간의 공포를 잊었다.

다만 '승리하러 간다' 라는 흔들림 없는 인식만이 텅 빈 가슴에 뿌리를 내린다.

패배도 없다. 굴욕도 없다. 그는 지금 왕과 함께 있다. 그 패도를 믿고 달릴 수 있다면, 아무리 못 미더운 다리라도 언젠가는 세상 끝까지 도달할 것이라고 의심하지 않고 믿을 수 있었다.

"그러면 우선 첫 번째 영주에 응하기로 할까. 꼬마, 눈 크게 뜨고 봐라."

"…그래. 해 보라고. 내 눈앞에서!"

승리의 외침과도 비슷한 울음소리를 내며 전설의 영마가 질주하기 시작한다. 마음이 이어진 왕과 마술사를 결전의 사지로 운반하기 위해서.

봉화가 보이는 운명의 장소는 미온 강 건너편. 후유키 제4의 영맥이 있는 땅이었다.

— 04:10:33

후유키 시민회관.

총공사비 80억 엔 남짓을 투자해서 건설된 이 시설은, 역 앞 센터 빌딩 계획과 나란히 후유키 신도심 개발의 심벌이라고 말할 수 있는 건축물이다.

부지 면적 6600제곱미터에 건축면적 4700제곱미터, 지상 4층에 지하 1층의 철근 콘크리트 건물로, 2층식 콘서트홀에는 1300명이 넘는 인원을 수용할 수 있다. 유명 건축가가 설계한 참신한 디자인은 근대적인 시민회관이라기보다는 오히려 고대의 신전을 방불케 하는 분위기를 풍긴다. 그 장려함은 신도심 개발에 거는 후유키 시의 기대를 보여 준다고 일컬어지고 있다.

다만 완성되어 있는 것은 아직 외부뿐이고, 준공식을 앞둔 현재도 내부공사 마무리가 서둘러 진행되고 있다고 하니, 본격적으로 가동되기 시작되는 것은 아직 나중 이야기가 될 것이다. 필요 최소한의 방재장치를 제외하면 배전설비조차 설치되어 있지 않았기 때문에, 공사 인부들이 물러간 심야가 되면 그 청결함과 장려함이 아무도 없는 고요함을 더욱더 강조해서 일종의 기묘하고 비현실적인 느낌이 떠도는 공간이 된다.

물론 시의 건설계획에 마술적인 요소에 대한 배려 같은 것이 있을 리 없다. 이 후유키의 땅에서 가장 새로운 영맥의 요점이 시민회관의 건설 예정지로 선택된 것은 순전히 우연에 불과하다. 혹시나 관점을 바꿔 보면, 그런 희귀한 우연을 불러들인 것 역시 이 장소의 영적인 특이성일지도 모르지만.

코토미네 키레이는 그 지붕 위에 서서, 직접 쏘아 올린 마술신호의 연기가 밤바람에 길게 뻗어 가는 모습을 조용한 얼굴로 올려다보고 있었다.

경비다운 경비도 없는 건물로의 침입은 그저 자물쇠를 부수는 것만으로 족했다. 이미 의식의 준비와 요격 준비도 순조롭게 완료되어 있다. 남은 것은 봉화에 낚여 나타난 잔적을 앉아서 기다리는 것뿐이었다.

싸움에 임하며 그가 감정을 겉으로 드러낸 적은 없다. 유혈의 예감에 높아지는 사나움도, 긴장을 누그러뜨리는 농담도, 대행자에게는 불필요하다. 신의 뜻을 행하는 도구로 철저하게 교육되어 온 그들은, 그저 해야 할 일을 하듯이 평상심을 유지한 채 사지로 향한다. 그런 오랜 세월의 단련이 지금도 키레이의 표정을 마치 의사 같은 냉정함과 무감동함으로 장식하고 있다.

그렇지만….

"흥, 오늘 저녁은 또 전에 없이 사나운 얼굴을 하고 있군. 키레이."

느긋하게 발소리를 울리면서 옥상에 나타난 아처의 야유에 키레이는 속으로 쓴웃음을 지었다.

평소와 다를 것 없을 무표정이, 모든 것을 간파하는 저 영령의 눈에는 어떻게 비치는 것일까. 본인조차 깨닫지 못하는 감정의 편린조차, 아처의 눈으로부터는 달아날 수 없다.

처음에는 동요했던 키레이지만, 지금은 이미 익숙해졌다. 그렇군, 나는 사나워져 있는 건가…. 그런 식으로 마치 남의 일처럼 이해할 뿐이었다.

지금 막 밤거리에서 돌아온 것인지, 영웅왕은 자주 입는 호사스럽고 경박한 옷을 입은 상태였다. 요염할 정도로 붉은 두 눈동자에는 그저 향락의 여운만을 남기고 있을 뿐, 역시 싸움에 임한다는 긴박감은 찾아볼 수 없다. 다만 이 영령의 경우에 겉모습과 내면의 괴리 따윈 존재하지 않는다. 그에게는 성배를 둘러싼 결판도 어차피 유흥의 영역을 넘지 않을 것이다.

"그건 그렇고. 어떡할 거지, 키레이? 나는 그냥 여기서 기다리고 있기만 하면 되는 건가?"

아처에게 있어서 하나의 지시는 마스터의 등급을 매기는 기준이 된다. 그것을 잘 알고 있던 키레이는 신중하게 생각한 뒤에 고개를 저었다.

"너의 힘을 성배 가까이에서 해방시켰다간 의식 자체가 위험해질지도 몰라. 마음껏 싸우고 싶다면 요격에 나서 줘야겠어."

"음, 좋다. 하지만 내가 자리를 비운 사이 이곳이 습격당했을 경우에는 어떻게 대처할 셈이지?"

"버서커에게 발을 묶게 하고 그 틈에 너를 불러들이게 되겠지. 그때는 영주의 도움을 빌리겠지만, 상관없나?"

"허락한다. 다만 성배의 안전까지 보장할 수는 없다. 오늘 밤의 나는 봐주는 것 없이 싸울 거니까. 이런 비좁은 오두막은 통째로 날려 버릴지도 몰라."

"최악의 전개이지만, 그렇게 되면 그것도 역시 운명이겠지."

선뜻 고개를 끄덕인 키레이를 향해, 아처는 살짝 눈을 가늘게 떴다.

"키레이, 아무래도 싸우는 의미에 대해서는 답을 얻은 눈치로군. 그런데도 아직 성배에 맡기는 기도가 없는 건가? 기적을 손에 넣고도 아무것도 바라지 않는다고?"

"그렇다. 그게 무슨 문제지?"

"아직 미완성이라고 해도 '그릇' 자체는 이미 너의 손안에 있다. 지금이라면 어쩌면 비원의 '선약' 정도는 수리될지도 모른다고."

"…흠, 그렇군. 만약 그럴 수 있다면 성배가 강림하는 것과 동시에 곧바로 기적이 이루어지는 건가."

키레이는 마음에도 없는 탄식을 내뱉고, 잠시 생각에 잠겼지만 결국 고개를 저으며 부정했다.

"역시 소원 따윈 떠오르지 않아. 굳이 말하자면… 이 마지막 싸움에 쓸데없는 방해가 끼어들지 않았으면 하는 것 정도일까. 어쩔 수 없다고는 해도 이 일대는 민가니까 말이야. 가능하면 더욱 철저하게 사람들을 치워 버릴 수 있는 장소에서 거리낌 없이 결판을 내고 싶었어."

재미없는 대답에 길가메시는 어이가 없었는지 콧방귀를 뀌었다.

"이거야 원. 역시 네가 마음에 감춘 것은 성배 쪽에서 퍼내게 할 수밖에 없군."

요컨대 이 두 사람은 누구보다도 성배에 가까이 있으면서, 누구보다도 그것에 집착하지 않았다. 그들은 모두 성배를 손에 들기보다, 그것에 모여드는 자들을 구축驅逐하는 것에서 의의를 찾고 있는 것이다.

"그래. 그리고 말이지, 만약 내가 돌아오기 전에 세이버가 나타날 것 같다면…."

떠나가려던 영웅왕은 뭔가 여흥이라도 떠올린 것처럼 발을 멈췄다.

"그때는 말이다, 한동안 버서커와 놀게 해 줘라. 그 광견은 그것을 위해서 오늘까지 살려 두었으니까 말이야."

"알았다."

아처가 무슨 이유로 세이버에게 집착하는지, 키레이는 아직 이해하지 못했다. 다만 초전의 인연으로 말살을 공언했던 버서커에 대해서는, 마토 카리야의 조사를 통해 그 진명이 밝혀지자마자 영웅왕은 태도를 바꾸어 그 존재를 허용하게 되었다. 그의 말에 따르면, '그 개로 하여금 세이버를 물게 하는 것 또한 재미'라고 한다. 그녀를 둘러싼 사정이 얽히면 자신의 분노조차 보류할 수 있을 정도로, 그 기사왕을 향한 관심은 길가메시에게 중요한 듯하다.

"그러고 보니 키레이, 세이버가 소중하게 지키고 있던 인형은 어떻게 했지? 듣기로는 성배의 그릇인지 뭔지는 그것 안에 있다고 하던데."

"아, 그거 말인가."

키레이는 그 존재에 대해서 화제에 올리는 것조차 잊고 있었다. 지금 와서 그에게는 아무런 흥미도 없는, 그 이름을 떠올릴 필요성조차 찾아볼 수 없는 여자였다.

"방금 전에 죽였다. 더 이상 살려 둘 이유도 없어서 말이야."

× ×

눈을 뜨고, 아이리스필은 주위를 둘러보았다.

이상한 감각이었다. 의식은 한없이 선명한데, 제대로 된 사고가 되지 않는다.

그녀 자신의 정신이 아니라, 그녀를 둘러싸고 있는 세상이 혼탁해지고 의미를 잃고 있는 듯하다.

잇따라 수많은 경치가 눈앞을 스쳐 사라져 간다. 그 모습을 바라보면서, 그저 까닭 없이 견딜 수 없는 슬픔과 허무함이 솟아났다.

눈에 보이는 정경은 전부 환희나 행복과는 무연한 것들이었다. 단지 그 한 점에서만 공통되는, 무질서한 경치의 만화경.

통곡이 있었다. 굴욕이 있었다. 원통함과 원망과 상실이 있었다.

유혈과 초토焦土. 배신과 보복. 수많은 것을 소비했어도 무엇 하나 얻지 못한, 한없이 비싼 헛수고의 연쇄.

눈 덮인 낯익은 풍경이 반복되고 순환한다. 혹독한 겨울의 성에 자신의 모든 것을 봉인한 일족의 이야기.

거기서 간신히 깨닫는다. …지금 그녀가 부감하고 있던 것은 천 년에 걸친 아인츠베른의 성배 탐구 여행인 것이다.

시작의 유스티차. 그리고 그녀를 주형으로 만들어져 온 수많은 인형 소녀들, 호문쿨루스. 거짓 생명.

연금의 비술에 의해 만들어지고, 이루지 못한 비원의 성취를 위해 태어나서 쓰이고 부서져 가는 인간의 형체를 한 소모품.

그녀들의 피와 눈물을 잉크로, 금 간 뼈와 얼어붙은 손가락을 펜으로 삼아 아인츠베른은 그저 실의와 방황의 역사를 써 왔다. 그 한탄이, 그 절망이 아이리스필의 가슴을 조이고 든다.

이런 것을 볼 수 있는 장소가 있다면, 그것은 분명 모든 싸움의 초점이자 모든 것을 보아 왔던 존재의 안이 틀림없다.

그리고 간신히 아이리스필은 이해한다. 자신은 지금 성배의 안을 엿보고 있다고.

시작의 유스티차를 깊숙한 곳에 품은 엔조잔의 대성배. 그리고 모든 호문쿨루스도 역시 '겨울의 성녀' 인 그녀를 기반으로 공유하는 규격품. 그렇기에 **그녀들**은 같은 아픔을 공유하고 나눠 갖는다.

…아니, 정말로 그럴까?

"어째서 울고 있어요? 어머니."

문득 정신이 들고 보니 아이리스필은 난로의 부드러운 온기에 감싸인 채로 그리운 아이 방에 있다.

창밖에는 얼어붙을 듯한 눈보라. 미쳐 날뛰는 바람의 우는 소리에 불안한지, 어린 두 손은 보호를 원하는 것처럼 어머니의 두 팔에 달라붙는다.

"저기, 어머니. 무서운 꿈을 꾸었어요. 이리야가 잔이 되어 버리는 꿈을."

두려움에 떨면서도, 무한한 신뢰를 담아 시선을 보내는 이리야스필의 붉은 두 눈동자. 어머니나 그 자매들과 완전히 같은 용

모이지만, 어째서인지 이 아이만은 각별히 누구보다도 사랑스럽게 느껴지는 것은….

"이리야의 안에요, 아주 커다란 덩어리가 일곱 개나 들어오는 거예요. 이리야는 터져 버릴 것 같아서 아주 무서웠지만, 도망칠 수 없고…. 그러다가 유스티차 님의 목소리가 들려오더니, 머리 위에 새까맣고 커다란 구멍이…."

더듬거리면서 이야기하는 딸의 어깨를, 아이리스필은 꼭 끌어안고는 그 백은의 앞머리에 눈물에 젖은 뺨을 비볐다.

"괜찮아요, 괜찮아. …결코 그런 일이 생기게 하지 않을 거야. 네가 **그것**을 볼 일은 없어. 이리야."

수많은 자매들 중에서 유일하게 아이리스필만이 품은, 누구와도 분담할 수 없는 애절한 기도. 그것은 '어머니' 로서의 정이다.

역대 호문쿨루스 중에서 처음으로 자신을 모태로 자식을 낳은 한 사람. 수많은 동족 중에서 유일하게 그녀만이 자신의 아이를 그리는 마음을 부여받고, 그 몸에 부여된 운명을 한탄하게 되었던 것이다.

다음 성배전쟁의 그릇으로 준비된 이리야스필 폰 아인츠베른. 이 아이도 역시 천 년의 망집에 휘말려 가는 톱니바퀴의 부품.

그렇다, 이 연쇄는 끝나지 않는다. 언젠가 누군가가 결판을 낼 때까지.

제3마법, 하늘의 잔—헤븐즈 필. 그것의 성취야말로 유일한 구원.

수많은 목소리가 아이리스필을 짓누른다. 그녀와 같은 무수한 자매가 노래하고 있다.

성배를….

부디 이 손에 성배를….

숲 속 깊은 곳에 있는, 용도가 끝난 호문쿨루스의 폐기장. 산더미처럼 쌓아 올려진 동포들의 주검이 탄원한다. 썩고 구더기가 끓는 모든 얼굴이, 어린 이리야의 그것과 겹쳐지며 애처로운 목소리로 갈망한다.

"괜찮아…."

미쳐 버릴 듯한 사랑을 담아, 어머니는 딸을 끌어안았다.

"이리야, 너는 분명히 운명의 굴레에서 해방될 거야. 내가 모든 것을 성취할 거니까. 아버지가 분명히 이루어 줄 테니까…."

그때, 문득 하나의 의문이 그녀의 뇌리를 스쳤다.

이것이 성배가 보여 주는 꿈이라면… 이렇게나 선명하게 안쪽을 들여다 볼 수 있을 정도로 이미 '그릇'이 형태를 이루었다면, 외장外裝이었던 자신은 대체 어떻게 되어 버린 걸까.

예를 들자면 이것은 달걀의 껍데기가 안에 들어 있는 병아리의 내장을 보는 것이나 마찬가지다.

그렇다면 그것은 커다란 모순이다. 병아리가 나올 무렵에는, 껍데기 같은 건 산산조각 나 있을 텐데.

그렇다면… 지금 이렇게 꿈을 꾸고 있는 자신은 누구인가.

끌어안은 이리야스필의 가녀린 몸을 팔 안에 또렷하게 느끼면서, 그녀는 딸을 끌어안은 자신의 손을 똑바로 바라본다.

사라진 아이리스필. 산산이 부서진 껍데기를 병아리가 쪼아 삼킨다고 한다면….

문득 보니, 창밖에 몰아치던 눈보라는 이미 없다. 밤의 어둠으로 잘못 보았던 그것은 농밀하게 소용돌이치는 검은 진흙이다.

두려움도 놀라움도 없이, 그저 조용한 이해와 함께 그녀는 그것을 바라보고 있었다. 진흙은 방의 네 귀퉁이를 물들이고, 난로와 연결된 굴뚝에서 방울져 떨어지며 부드럽게 그녀의 발밑을 침범해 간다.

그렇다. 자신이 누구인가 따윈 사소한 것.

분명 그녀는 조금 전까지 그 누구도 아니었다. 그리고 지금도, 아이리스필이라는 이미 사라진 여인의 인격만을 가면으로서 뒤집어쓴 **누군가**일 뿐이다.

그렇다고 해도, 지금 그녀의 가슴에 깃든 '아이리스필의 소망'은 진짜다. 마지막까지 사랑하는 딸을 생각하고 그 미래를 한탄하면서 숨을 거둔 어머니의 기도는, 그대로 그녀 안에 인계되었다.

그렇다, 그녀는 기도를 성취시켜야 하는 자.

모든 이들의 소망을 이루어야 한다며, 그렇게 기대를 받고, 그렇게 만들어지고 떠받들어진 존재였을 터.

"…응. 괜찮단다, 이리야스필. 끝은 바로 저기까지 와 있어."

처음으로 끌어안은 아이의 귓가에, 그녀는 자상하게 속삭였다.

"그러니까 우리들은 조금만 더 이곳에서 기다리자. 분명히 아버지가 와 주실 거야. 우리들 모두의 기도를 이루기 위해."

온몸에 달라붙는 작열의 진흙이, 검고 우아하게 여인의 드레스를 물들인다.

이윽고 다가올 성취의 때를 기대하며, 칠흑을 몸에 두른 여인은 가만히 미소 지었다.

자, 모든 탄식을 제거하자. 모든 고뇌를 제거하자.

이제 곧 그녀는 그것을 이루기 위한 능력을 손에 넣는 것이다. 모든 저주를 이룰 수 있는 만능의 원망기로서.

ACT. 16

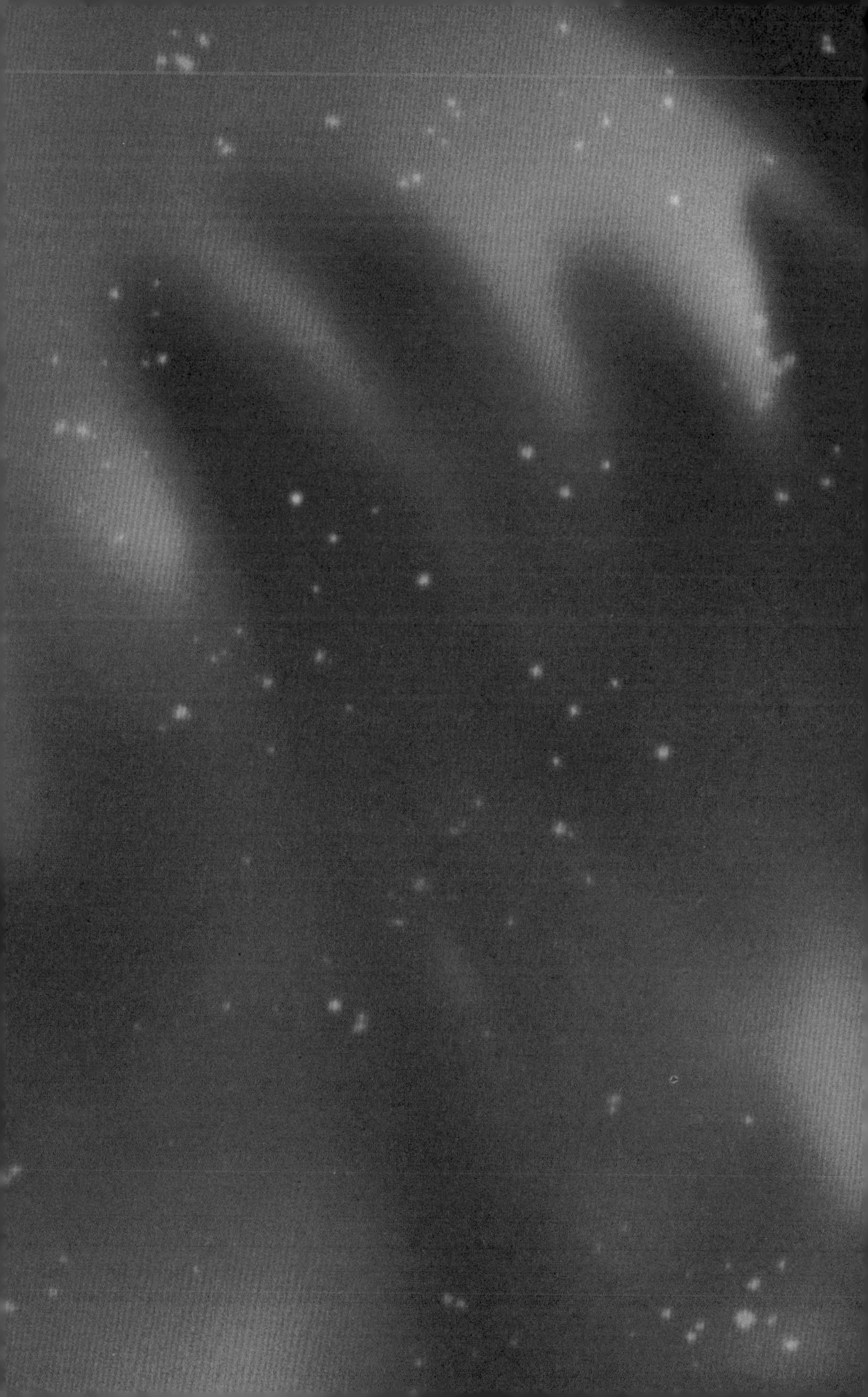

— 04:08:29

새벽 2시.

고요히 잠든 거리의 정적은 평소보다도 철저했다. 밤늦게까지 깨어 있는 주민들도 거듭되는 사건에 간담이 서늘해졌는지, 요 며칠간은 야간외출을 자제하라는 권고에 따라 얌전히 집 안에 틀어박혀 있다. 길거리에서는 자동차의 모습조차 사라지고, 가로등만이 새하얗게 비추는 아스팔트는 겨울의 밤공기에 싸늘히 식어 있다.

인적이 완전히 끊어진 거리는 마치 실물 크기로 늘려 놓은 완구의 정경 속에 있는 것 같았다. 보통 사람의 인식의 틀 밖에 있는 장소를 '이계異界'라고 부른다면 그야말로 이날 밤의 후유키시가 딱 그것이었다.

그런 기이한 풍경 속을 단 한 기, 자신만만하게 달려가는 영마. 요동치는 그 등에 실려 웨이버는 사지를 향해 달려간다. 등 뒤에는 두껍고 웅대한 정복왕의 가슴팍이, 크게 뛰는 그 고동이 전해져 올 정도로 가까이에 있었다.

만일 오늘 밤에 살아남는다고 해도 이 조용하면서도 팽팽히 긴장된 고양감을 웨이버는 평생 잊을 수 없을 것이다. 세상에는 '진실의 때'라고 불리는 시간이 있다. 모든 기만이나 허식에서 해방된 있는 그대로의 혼이, 바라다보는 세계의 모습을 받아들이고 그저 감격하는 순간. 지금 그가 음미하고 있는 것이야말로 바로 그것이었다. 이 세상의 모든 수수께끼와 모순을 해답도 듣지 않은 채로 납득하는 순간. 살아 있는 의미도 죽을 가치도, 말로 할 것도 없이 확연하다고 느낀 순간. 인생을 고난에 빠뜨리는 방황과 불명확함, 그 전부에서 해방된 그것은 너무나도 행복한 시간이었다.

기마는 잠든 마을을 유유히 빠져나와, 탁한 색으로 가라앉은 강물을 가득 채우고 있는 강변으로 뛰어나온다. 목표로 하는 대교는 침묵의 밤 속에서 여전히 공허한 수은등의 불빛에 새하얗게 비치고 있었다.

"라이더, 저거…."

그렇게 손가락으로 가리키는 웨이버에게, 정복왕이 고개를 끄덕이며 응했다.

새하얀 백색 조명을 받고 있는 다리 위에 있으면서도, 인조의 빛 따위는 가짜라고 비웃듯이 더욱 찬연한 황금빛으로 반짝이는 위용. 그 가차 없이 냉혹한 심홍의 눈빛은 수백 미터 밖의 거리에서도 웨이버의 몸을 전율로 얼어붙게 했다.

서번트 아처, 영웅왕 길가메시.

각오하지 않았던 것은 아니다. 원래부터 피해 갈 수 없다는 것을 알고 있던 상대다. 그래도 막상 실물을 마주하니 그 위압감은 모든 마음의 보호막을 뛰어넘어 혼의 중심을 짓밟으려 든다.

“무섭냐? 꼬마.”

웨이버의 떨림을 알아차린 라이더가 조용히 물었다. 소년은 허세 부리지 않고 솔직히 끄덕였다.

“응, 무서워. 아니면 이런 건, 네 식대로 말하면 ‘가슴이 뛴다’라는 건가?”

긴장된 목소리로 한 대답에, 정복왕은 빙그레 웃는다.

“그 말대로다. 적이 강대하면 강대할수록, 승리의 미주美酒를 향한 마음은 지극한 행복이 되지. 흐흠, 이제 뭔가 좀 알기 시작했구먼.”

용맹스럽게 큰소리치는 라이더를, 부케팔로스는 당당한 걸음으로 다리 곁으로 운반한다.

네 번째의, 그리고 이것이 틀림없이 최후가 될 만남이었다. 원초의 영웅왕과 전설의 정복왕. 폭넓은 4차선 도로를 자기 것인 양 점거한 두 사람에게, 앞길을 막는 장애물은 서로 외엔 존재하지 않는다. 양보할 수도 없고 피할 수도 없는 다리 위의 외길. 왕인 자가 패도를 겨루기에, 그곳은 운명적일 정도로 필연의 전장이었다.

부케팔로스가 발을 멈췄다. 탑승자의 뜻을 정확히 파악한 그 행동에 라이더는 갈기를 긁어 주며 치하한다.

“꼬마, 우선 여기서 기다려라.”

"…뭐?"

라이더는 애마의 등에서 내려 땅에 서더니, 기다리고 있는 적을 향해 천천히 걸어갔다. 아처 역시 약속이라도 한 것처럼 오만하게 발소리를 내며 걸어온다.

그들은 그저 무예를 겨루는 투사가 아니다. 서로가 패도를 겨루는 몸인 이상, 우선 칼날을 맞부딪치기 위한 형식을 갖출 필요가 있다.

"라이더, 자랑하던 전차는 어쨌나?"

불온하고 사나운 얼굴을 한 아처가 입을 열자마자 물었다.

"아, 그거 말인가? 으음, 분하게도 세이버 녀석에게 잃고 말았다."

태평스럽게 어깨를 으쓱이며 대답하는 라이더를, 아처는 핏빛 눈동자를 가느다랗게 뜨며 응시했다.

"…내 결정을 잊었나? 네놈이 만전인 상태에서 쓰러뜨리겠다고 고해 두었을 터인데."

"흠, 그러고 보니 그랬던가."

그 위압에도 아랑곳없이, 라이더는 한없이 뻔뻔스럽고 사납게 입가를 일그러뜨리며 미소 지었다.

"확실히 짐의 무장은 소모되었다. 하지만 얕보지 마라, 영웅왕. 오늘 밤의 이스칸다르는 완벽하지는 않지만 그렇기에 **완벽 이상**이다."

지리멸렬한 그 말을, 그러나 아처는 헛소리라 비웃지 않았다. 오히려 예리한 시선으로 잘게 베는 것처럼 라이더의 온몸을 바라보았다.

"…그렇군. 확실히 충만한 그 오라는 전에 없이 강해졌어. 흥, 아무래도 어떤 승산도 없이 내 앞에 선 것은 아닌 듯해."

실제로 보구 하나를 잃은 몸이면서도 지금 라이더에게서 용솟음치는 마력의 총량은 이전보다 몇 단계 증가해 있었다. 웨이버가 '쓸데없이 낭비했다' 고 생각했던 세 획의 영주 소비가, 뜻밖에도 효과를 발휘하고 있는 것이다.

영주에 의한 강권 발동은 그 내용이 막연한 것일수록 효과가 감소한다. 그 점에서 조금 전에 웨이버가 내린 명령은 구체성이 크게 결여되어 있어서 영주의 용도로서는 사실상 낭비나 마찬가지였다. 그러나 한편으로 서번트의 의사를 꺾는 절대명령으로서가 아니라 양자의 합의하에 발동된 영주는, 단순한 강제에 머무르지 않고 서번트의 행동을 보조하고 증폭하는 수단이 된다. 이 경우, 예를 들면 키리츠구의 세이버가 이룬 '공간전이' 가 그랬던 것처럼 영주는 때로는 마술의 상식조차 뒤엎는 '마법魔法' 과 동등한 수준의 터무니없는 일도 가능하게 만드는 것이다.

확실히 효과가 약한 사용법이었지만, 서번트의 본의에 따르는 명령을 세 획 전부 연달아 발동함으로써 웨이버의 영주는 라이더에게 확실한 효과를 일으키고 있었다. 그 행동이 '승리' 를 지향하는 한, 라이더에게는 평소의 제공량보다 더욱 증폭된 마력량이 제공된다. 있는 그대로 말하자면 지금의 라이더는 전에 없을 정도로 '절호조' 인 것이다.

"저기 말이다, 아처. 선언이라고 하자면 또 한 가지, 일전의 술자리에서 합의했던 것도 있었지."

"너와는 서로 죽고 죽일 수밖에 없다는 결론 말이냐?"

"그 전에, 우선 남은 술을 다 마시겠다는 이야기를 하지 않았나."

이제부터 사투를 앞둔 몸이라고는 생각되지 않을 정도의 사심 없는 미소로 라이더는 영웅왕을 재촉했다.

"그때는 풍류를 모르는 놈들이 연회를 망쳐 버렸지만, 그 술병의 술은 아직 조금 남아 있을 거다. 짐의 눈은 속일 수 없어."

"과연 찬탈의 왕이로군. 남의 물건에 대해서는 눈치가 빨라."

아처는 쓴웃음을 짓고는 다시 이세계의 '보물창고' 에서 술병과 잔을 자신 앞으로 불러왔다. 병의 바닥에 남은 신대神代의 명주를 두 잔에 찰랑찰랑하게 채우고, 두 명의 왕은 마치 글러브를 교차시키는 격투가처럼 엄숙하게 잔을 마주쳤다.

"바빌로니아의 왕이여. 마지막으로 한 가지, 연회를 마무리하는 문답이다."

"허락한다. 이야기하도록 하라."

잔을 든 채로, 진지한 얼굴이면서도 눈빛만은 악동 같은 치기를 남기고 이스칸다르는 이야기를 꺼냈다.

"예를 들어서 말이다. 짐의 '왕의 군세—아이오니언 헤타이로이'를 네놈의 '왕의 재보—게이트 오브 바빌론'으로 무장시키면 틀림없이 최강의 군대가 만들어질 테지. 그러면 서쪽 나라의 대통령이라 하는 자도 상대가 안 되지 않을까."

"흠, 그래서?"

"새삼스럽지만 짐의 붕우가 되지 않겠나? 우리 두 사람이 힘을 합치면 분명 별들의 끝까지 정복할 수 있을 게야."

그것을 들은 영웅왕은 마치 통쾌한 빈정거림이라도 들은 듯, 거리낌 없이 크게 웃었다.

"정말이지 유쾌한 녀석이군. 광대도 아닌 녀석의 농으로 이렇게까지 웃은 것은 오래간만이다."

하지만 웃으면서도 그 냉혹한 귀기는 티끌만큼도 쇠하지 않는다. 이 금색의 왕에게 살의와 유열은 거의 같은 의미인 것이다.

"공교롭게도 나는 두 번째 친구 따윈 필요 없다. 나의 붕우는 이전에도 이후로도 단 한 명뿐. 그리고 왕인 자 또한 둘은 필요 없다."

그런 단호한 대답에 정복왕은 낙담의 빛조차 보이지 않고 그저 조용히 끄덕일 뿐이었다.

"고고한 왕도인가. 그 흔들림 없는 모습처럼 짐은 경복敬服으로 도전하겠다."

"좋다. 마음껏 자신을 보여라, 정복왕. 너는 내가 심판할 가치가 있는 도적이다."

두 명의 왕은 서로 최후의 술을 마시고서, 빈 잔을 버리고 발길을 돌렸다. 양자는 그 뒤로 한 번도 돌아보지 않고 서로 원래 있던 자리로 돌아왔다.

두 명의 마지막 건배를 긴장된 얼굴로 지켜보고 있던 웨이버는, 한숨으로 왕의 귀환을 맞이했다.

"너희들, 사실은 사이가 좋은 거야?"

"뭐, 지금부터 서로 죽고 죽이게 될 테니까 말이다. 어쩌면 짐이 생애 최후의 시선을 나누는 상대일지도 모른다. 매정하게 대할 수 있을 리 없지."

"…바보 같은 소리 하지 마."

익살스런 어조의 이스칸다르에게, 웨이버는 목소리를 죽여 반박했다.

"네가 죽을 리 없잖아. 용서 못 한다고. 내 영주를 잊었어?"

"…그렇지. 그래, 그 말대로다."

라이더는 예리하고 사납게 미소 짓고는, 기다리고 있던 부케팔로스의 등에 다시 걸터앉아 허리에 찬 검을 빼들었다.

"모이라, 나의 동포! 오늘 밤, 우리는 최강의 전설에 용맹한 모습을 새긴다!"

왕의 부름에 대답하듯이, 강에서 밀려온 안개를 날려 버리며 열사의 바람이 다리 위로 불어 든다.

시공의 저편에서 다가오는, 과거에 왕과 함께 꿈을 꾸던 영령들의 상념을 지금 큐플리오트의 검이 하나의 줄기로 묶어 낸다.

무궁한 창천. 그 끝까지 다 보겠다며 모두 한마음이 되어 응시했던, 아지랑이에 흐려진 지평선.

시간을 넘어 전장을 구하는 용자들의 심상은, 현실까지도 침식하며 무인의 대교를 회오리바람이 부는 대평원으로 변화시킨다.

그리고 마련된 결전의 무대로 한 기, 또 한 기씩 달려오는 영령들.

"아아…."

집결한 '왕의 군세—아이오니언 헤타이로이'의 위용은 웨이버에게는 두 번째로 보는 광경이다. 이제는 놀라지 않지만, 이스칸다르의 왕도의 구현인 이 궁극의 보구가 의미하는 바를 안 지금은 처음 봤을 때보다 더한 경외의 마음에 감동한다.

눈부시게 빛나는 기마의 정예들. 한때 정복왕과 맺은 주종의 인연은 현세와 저승의 단절조차도 뛰어넘는다.

영원으로 승화된 그들의 전장은 구현되는 장소를 가리지 않는다. 정복왕이 다시 패도를 외친다면 신하들은 그 어디라도 달려간다.

그것이 왕과 함께 있다는 긍지.

함께 싸운다는 이름의, 끓어오르는 혈기의 환희인 것이다

"적은 만부부당萬夫不當의 영웅왕. 상대로서 부족함은 없다! 사나이들이여, 원초의 영령에게 우리의 패도를 보이자!"

「와아아아아아아아아아아아아아!!!」

이스칸다르의 외침에 곁에 늘어선 군세가 갈채로 하늘을 찌른다.

끓어오르는 거친 바다 같은 대 군세 앞에 홀로 대치한 아처는, 그러나 티끌만큼도 당황하지 않고 그저 태연하게, 그저 당당하게 버티고 서 있다. 황금빛으로 채색된 그 모습은 단신이면서도 준엄한 산봉우리 같다. 그 위압감은 그야말로 반신半神인 영령이기에 지닌 파격적인 것이 틀림없었다.

"오거라, 패군覇軍의 주인이여. 지금이야말로 너는 진정한 왕의 모습을 알게 될 것이다…."

자신만만하게 큰소리치는 영웅왕을 향해, 드디어 영령의 군세는 영마 부케팔로스에 통솔된 쐐기 진형으로 돌진한다.

진형의 선두에 달리는 라이더가 우렁차게 외쳤다. 그 고함에 호응하며 기병들이 함성을 질렀다. 노도와 같이 쩌렁쩌렁 울리는 열창에 웨이버도 역시, 가늘지만 온 힘을 다해 목청껏 외쳤다.

「AAAALaLaLaLaLaie!!」

— 03:59:48

후유키 시민회관에서 올라간 봉화는 당연히 신도심 동쪽 외곽에서 정처 없이 아이리스필을 찾아 헤매던 세이버의 눈에도 들어왔다.

쏘아 올린 신호의 의미는 이해할 수 없었지만, 그것이 성배전쟁에 관련된 사태임은 의심의 여지가 없다. 이미 지푸라기라도 잡고 싶은 심경이었던 세이버는, 망설임 없이 곧바로 봉화 쪽으로 달리기 시작했다.

공교롭게도 미온 강을 건너지 않고 목적지에 도달한 세이버는, 대교에 진을 치고 있던 아처에게 요격당하지 않고 누구보다도 빨리 후유키 시민회관에 도착했던 것이다.

정적의 밤공기 속에, 세이버는 V형 4기통 엔진의 배기음을 울리며 아직 타일의 시멘트도 채 마르지 않은 앞뜰로 VMAX를 몰고 들어갔다.

주위에 보이는 시야에 적의 모습은 없다. 어둠 속에 숨어 있는 살의의 기척도 없다. 그렇다면 적이 숨어 있는 것은 건물 안인가.

불빛 하나 없는 시민회관의 외벽을 잠시 응시한 뒤, 세이버는 VMAX의 핸들을 돌려서 방문객용 통로를 따라 들어갔다. 그대로 건물 아래로 이어지는 경사로를 내려가서 지하주차장으로 돌입한다.

달빛도 닿지 않는 지하실, 헤드라이트의 백광에 찢긴 어둠 너머로 맨 콘크리트가 드러난 벽면이 차갑게 떠오른다. 100대 남짓 수용할 수 있도록 설계된 넓은 주차장은 아직 이용자도 없다. 그나마 건설 하청업자의 차 몇 대가 드문드문 서 있을 뿐, 그 외에는 텅 빈 공간에 먼지 냄새 나는 공기가 괴어 있었다.

VMAX의 굵은 아이들링도 지하묘지를 연상시키는 음산한 정적 속으로 빨려 들어간다. 세이버는 방심 없는 눈빛으로 주위를 살펴보았다. 사방에 웅어리진 짙은 어둠 속, 여기저기에 세워진 기둥의 뒤편…. 적이 몸을 숨길 수 있는 장소로는 부족하지 않다. 그리고 무엇보다 지금 그녀의 직감이 공기 속에 포화된 살기를 느끼고 있다.

"A……."

땅을 기는 듯한 원한의 목소리. 그야말로 빛 없는 지하에 어울리는 망자의 신음.

한 번이 아니라 두 번씩이나 표적이 된 세이버가 그 목소리의 주인을 착각할 리 없다.

"URRRRRRRR!"

포효와 함께 요란하게 이어지는 작렬음에도 그녀는 곧바로 반응할 수 있었다.

세이버가 몸을 날려서 피하고 난 위치, 남겨진 VMAX의 차체가 마치 빗방울의 비말을 튀기는 것처럼 불꽃에 휩싸인다. 강철의 애마는 단 한순간에 원형도 남지 않은 잔해로 바뀌고 말았다. 눌어붙는 듯한 화약 냄새가 세이버의 코를 찌른다.

'이 무기는…!'

세이버는 그것을 본 기억이 있었다. 에미야 키리츠구의 모략에 빠진 랜서의 마스터 일행을 무참한 시체로 바꿔 놓은 불꽃의 비. 이 현대 세계에서 주류라고 하는, 기계로 된 사출무기다.

다시 어둠 속에서 시뻘건 화염의 꽃이 흐드러지게 핀다. 머즐 플래시에 비추어진 버서커의 검은 그림자가 기묘한 형태로 길게 늘어지며 지하실 벽에 난무한다. 세이버는 망설임 없이 바닥을 차고, 어지러이 나는 납탄의 세례를 피하며 달렸다. 빗나간 탄환은 상상을 불허하는 파괴력으로 콘크리트 바닥이나 벽에 커다란 구멍을 뚫어 간다. **그것**은 명백히 마이야가 사용하던 무기와는 비교도 되지 않을 정도로 위협적이었다. 서번트인 자신조차도 맞으면 치명상을 입게 될 위력임을 알아차리고, 세이버는 이를 악물었다.

버서커가 단기관총을 손에 넣은 경위 따위, 그녀는 당연히 알 방법이 없다. 코토미네 키레이가 감독으로서의 직권으로 마련한 근대화기를 좌우 양손에 한 정씩 든 검은 광란의 기사는, 그것이 마치 자신의 팔의 연장인 것처럼 총기를 자유롭게 조작하고 있었다. 총신도 탄창도 증오의 마력에 침범당한 근대화기는, 그것만으로 세이버조차도 위협하는 흉악무비한 마술병기로 변해 있다.

"윽!!"

소리치는 흑기사의 노호에 지지 않겠다는 듯이, 두 정의 기관총은 작열하는 절규로 세이버를 습격한다. 초음속의 탄환은 결코 세이버의 검속을 능가할 수 없지만, 그것이 매초 20발 가까이 날아오게 되면 일단은 피하는 데 전념하는 것 외에는 방법이 없다.

그 유래와 시대를 불문하고, 손에 든 무기 전부에 보구 속성을 부가하는 버서커. 똑같은 보구의 카테고리로 격상된 시점에서, '검'과 '총'이라는 무장의 차이는 세이버를 압도적인 불리함으로 몰아넣는다.

공사가 끝나지 않은 것을 핑계로 인테리어 업자가 주차장 구석에 쌓아 둔 채 방치하고 있던 도료통의 산을 유탄 한 발이 날려 버렸다. 작열하는 탄환에 용제가 인화되고, 폭발한다. 지하의 어둠을 시뻘건 화염으로 비춘다.

탄막에 가로막혀 전혀 거리를 좁힐 수 없는 세이버는, 기사회생의 수단을 찾아서 사방으로 시선을 보낸다. 그때 그녀가 찾아낸 것은 벽 쪽의 주차 공간에 세워진 한 대의 경트럭이었다.

'…저거다!'

벽 쪽으로 몰려서 퇴로가 차단될 위험을 감수하며 세이버는 목표로 하는 차량으로 돌진한다. 놓치지 않겠다는 듯이 추격하며 두 손의 기관총을 난사하는 버서커. 날아드는 탄환의 맹공을 아슬아슬하게 앞지르며 세이버는 트럭 뒤편으로 굴러 들어간다. 그리고 곧바로 하단에서 퍼 올리는 칼등치기로 차체를 공중에 띄워 올렸다.

그곳에 세이버를 노리고 쇄도한 탄환의 비가 트럭의 차체를 종잇조각처럼 짓이긴다. 세이버는 찢겨 나가며 파편을 흩뿌리는 차량의 뒤편에 숨은 채로, 이번에는 뒤집어진 차체를 어깨부터 들이받으며 그대로 버서커를 향해 돌진했다.

계속해서 기관총의 총탄을 때려 넣으며 트럭의 차체를 인정사정없이 쇠 부스러기로 분쇄해 가는 버서커. 우락부락한 트럭의 프레임은 이미 몇 순간 뒤에 산산조각 날 운명이었지만, 그래도 세이버에게는 검이 닿는 범위 안으로 거리를 좁힐 때까지 '임시 방패' 의 역할을 해 주기만 하면 충분하다.

"이야아아압!"

차체를 관통한 탄환이 뺨과 어깻죽지를 스치며 날아간다. 불꽃을 흩뿌리며 연료탱크를 도려낸 한 발에, 안에 든 휘발유가 인화되어 이미 원형을 유지할 수 없을 정도로 붕괴된 차체를 불덩이로 만든다. 그래도 세이버는 돌진을 멈추지 않는다.

끝내 적과의 거리가 10미터 안으로 좁혀졌을 즈음, 바로 이때라는 듯이 세이버는 트럭의 잔해를 버서커를 향해 내던졌다. 불타오르는 쇳조각이 공처럼 구르며 육박해 왔지만, 흑기사는 피하지도 않고 주먹의 일격으로 분쇄하겠다는 듯이 한쪽 팔을 치켜들었다.

…바로 그 빈틈을 세이버는 노리고 있었다.

"하앗!"

날카로운 기합소리와 함께, 그녀는 전광석화처럼 발을 내딛으며 앞서 던진 불타는 트럭의 차체를 향해 다시 달려든다. 그리고 그 기세를 실어 날린 혼신의 찌르기는, 적의 눈을 현혹시키는 역할을 마친 불타는 쇳덩이를 관통하며 반대편에 있는 버서커에게까지 칼끝을 도달시켰다.

차폐물 뒤편에 있는 세이버의 움직임을 완전히 놓치고 있던 버서커로서는 이것을 피할 방법이 없다. 세 번째 대결에서 드디어 일격. 세이버의 칼끝이 직격했다는 감촉을 전한다.

그러나….

'…얕다?!'

방패에 가로막혀 표적을 눈으로 볼 수 없었던 것은 세이버 쪽도 마찬가지다. 감에 의지해서 날린 찌르기는 어렵사리 명중타가 되기는 했으나, 역시나 필살에 이르는 행운까지는 없었다. '풍왕결계' 의 칼끝은 확실히 검은 투구의 미간을 찔렀지만, 그 안쪽의 두개골을 부수는 데는 이르지 않았다.

앞에서 날아오는 총탄 세례와 뒤에서 검의 찌르기를 맞은 **원래** 트럭이었던 것의 몸체가, 이번에야말로 둘로 쪼개진다. 버서커의 피해는 치명상은 아니었지만, 얼굴에 강력한 찌르기를 맞은 직후여서 비틀거리며 몸을 젖힌 채로 자세를 바로잡지 못하고 있다. 추가타를 넣기에 충분한 빈틈이다. 여전히 승기는 세이버에게 있었다.

아직 불타고 있는 차량의 잔해를 걷어차면서 세이버는 더욱 깊이 발을 내딛으며 검을 대상단大上段으로 들어 올렸다. 이번에야말로 놓치지 않는다. 무방비한 버서커의 정수리를 정면으로 응시하며 상대를 머리부터 두 쪽으로 갈라놓을 듯한 참격에 승리를 건다.

자세, 속도, 타이밍, 모든 것에서 완벽했다. 그야말로 검의 영령의 이름에 부끄럽지 않은 회심의 일격. 그것은 승부의 끝을 확신하게 만들기에 충분했고, 그렇기에 그 도신이 허공을 가른 순간에 세이버가 느낀 경악은 엄청난 것이었다.

기관총을 버리고 맨손으로 돌아온 버서커가 양쪽 손바닥을 눈앞에 합치면서 '풍왕결계'의 칼날을 잡아낸 것이었다. 그 절묘한 기술은 이중의 의미로 있을 수 없는 부조리였다. 필살을 기약한 세이버의 추가타를 무리한 자세에서 대응했던 것도 아니다. 애초에 눈에 보이지 않는 '풍왕결계'의 궤적은 결코 간파할 수 없을 터이다. 하지만 검은 기사는 그것을 맨손 칼날잡기로 봉쇄해 냈다. 마치 세이버가 휘두르는 검을, 그 형상부터 날 길이에 이르기까지 전부 **숙지하고 있었다**는 것처럼.

문득 버서커가 자신의 무기를 건드리고 있다는 상황의 치명적 의미를 이해한 세이버는, 전율에 소름이 돋았다. 속으로 경악하면서도 그 감정은 제쳐 둔 채, 어쨌든 우격다짐으로 발차기를 날려 흑기사의 가슴을 걷어찼다. 버티지 못하고 뒤로 물러선 버서커는 검에서 손을 떼었고, 세이버는 자칫하면 상대의 검은 마력에 아끼는 검이 침식당할 위험에서 벗어날 수 있었다.

여기저기에 옮겨 붙은 불길에 반응해서 천장의 스프링클러가 맹렬하게 물을 흩뿌린다. 호우처럼 쏟아지는 방화수에 온몸을 적시며, 백은과 흑의 기사는 꼼짝 않고 서로를 노려보고 있다.

새삼스레, 그냥 지나칠 수 없는 의문이 세이버의 가슴속을 어지럽힌다.

이 버서커에게는 '풍왕결계'의 환혹이 통하지 않는다. 불가시의 칼집에 보호받는 보검의 모습을 명백히 인식하고 있다. 그것은 즉, 영령이 되기 전의 그녀를 알고 있다는 것과 같은 의미가 아닐까.

창고지대에서, 미온 강에서 이 흑기사는 이상할 정도의 집념을 보이면서 세이버에게 덤벼들어 왔다. 만약 그것이 마스터의 지시가 아니라, 이 미친 영령 자신의 원한에 의한 행동이라면….

응시할수록 세부가 흐려 보이는 검은 안개. '풍왕결계'와도

의미로서 상통되는 환혹의 보호를 몸에 두른 버서커는, 결코 영령으로서의 그 정체를 간파할 수 없다. 하지만 여기에 와서 세이버는 이미 확신하지 않을 수 없었다. …**저것**은 틀림없이 자신과 인연이 있는 기사라고.

"…그 무예, 필시 이름 있는 기사라고 짐작하고서 묻겠다!"

결심한 세이버는 물보라를 사이에 두고 대치한 적에게 소리 높여 말을 건넨다.

"내가 브리튼의 왕인 알트리아 펜드래건이라는 것을 알고 도전한다면, 기사인 자의 긍지를 가지고 그 내력을 밝혀라! 정체를 감춘 채로 도전하다니, 속임수나 다를 바 없다!"

세차게 쏟아지는 물소리에, 달각달각 하는 마른 금속음이 섞인다. 흐릿하지만 오싹할 정도로 차갑게 귓속으로 숨어드는 그 소리는, 틀림없이 버서커가 발하고 있었다. …검은 안개 속에 감싸인 전신 갑옷이 떨고 있다.

그것은 사지를 덮은 모든 갑옷이 물결처럼 미세하게 떨리며 서로 부딪치는 소리였다.

"네놈…."

그리고 세이버는 간신히 깨닫는다. 땅바닥을 기는 듯한, 원한어린 신음 같은 불쾌한 소리를.

삐걱대는 듯한, 흐느껴 우는 듯한 그 소리는 검은 투구 아래에서 흘러나오고 있었다. 버서커가 온몸을 경련시키며 지금 억누를 수 없는 정념을 흘리고 있다.

웃음소리다. 그렇게 이해한 순간, 형용할 수 없는 오한이 세이버를 꿰뚫었다.

아무런 추론도 근거도 없이, 그저 육감에 의한 인식만으로 깨닫는다. 방금 전에 이름을 물은 것은 치명적인 오판이었다고.

그 이름을 물을 것도 없었다. 이 적은 정체를 망각 속에 가라앉힌 채로 처치했어야 할 상대였다고.

그러나 너무 늦게 깨달았다. 그녀에게 최악의 저주를 불러올 말을 이미 그녀 자신의 입으로 말해 버린 뒤였다.

검은 기사의 온몸을 빈틈없이 덮고 있던 안개가 소용돌이를 일으키며 줄어들어 간다. 쏟아지는 물보라 속에서, 드디어 칠흑의 갑주가 세부에 이르기까지 모든 것을 드러낸다.

화려함에 치우치지도 않고 투박함에 떨어지지도 않은 그것은, 기능미와 호화로움을 종이 한 장의 밸런스로 양립시킨 완벽한 갑옷이었다.

용맹스러우면서도 유려한, 장인이 모든 기술을 쏟아부은 치밀하고 정교한 만듦새. 새겨진 무수한 상처조차 수많은 무훈을 이야기하는 조각이 되어 용맹스런 장식으로 더해지고 있다. 모든 기사가 부러워 마지않는, 이상적인 전사의 화장化粧이다.

과거에 그런 갑옷 차림으로 전장을 달렸던 용자를, 세이버는 알고 있었다. 카멜롯의 원탁에서 누구보다도 밝게 빛났던 무쌍無

雙의 검사. 누구보다도 완성된 기사였던 충용忠勇의 무인.

"너는…. 그럴 수가…."

잘못 본 것이기를 바랐다. 그 남자야말로 '기사' 로서 있어야 할 모습을 이상적으로 체현한 이였다. 그 용맹스런 모습이 광화의 저주에 침범당해 검게 물든 모습 따윈, 결코 있어서는 안 되는 일이었다.

그런 세이버의 마음을 비웃듯 사납게 웃으면서, 검은 기사는 칼집에 넣은 채로 차고 있던 검의 칼자루에 손을 댄다. 그것은 주운 것도, 누군가에게서 빼앗은 것도 아니다. 어디까지나 그 이름을 계속 감춰 왔던 이 영령이, 드디어 손에 쥔 **그 자신**의 보구였다.

천천히 칼집에서 뽑힌 그 도신을, 세이버는 그저 보고만 있을 수밖에 없었다.

이제는 착각할 수도 없는, 그녀 자신의 검과 상통하는 디자인. 인간이 아닌 자에 의해 만들어진 증거인 정령문자의 각인. 영리한 칼날의 광채는 달빛을 받아 반짝이는 호수 같다. 어떠한 타격에 노출되더라도 결코 부러지지 않는 무궁의 검.

그것은 단 한 명, '완벽한 기사' 라고 칭송받던 그만이 가지는 것을 허락받은 검이었다. 그 이름 높은 '훼손되지 않는 호수의 빛—아론다이트' . 이미 어떠한 자기소개보다도 명백하게 소유주의 진명을 알리는 증거.

"…Ar…thur……."

원한을 담은 목소리가 검은 투구 안에 울린다. 그 진동이 세이버의 일격으로 생겨난 투구의 균열을 깨는 결정타가 됐다.

산산조각 난 투구 아래서 흑발의 맨얼굴이 드러난다.

과거 수많은 부인들을 선망의 노예로 만들었던 단정한 미모는, 무참히 변해 그 흔적도 없다. 오랫동안 쌓인 증오에 야윌 대로 야윈 끝에, 그저 증오가 끓어오르는 두 눈동자만이 빛을 발하는 귀신같은 형상. 그것은 저주 끝에 자신의 모든 것을 잃은, 살아 있는 망자의 얼굴이었다.

"……아……."

세이버의 무릎에서 힘이 빠져나갔다. 어깨와 등을 두들기는 물의 무게에 견딜 수 없다는 듯이, 지금 불굴의 기사왕은 절망에 자신을 잊고 흠뻑 젖은 바닥에 무릎을 꿇었다.

—언젠가 영웅으로서 최소한의 긍지조차 잃고 말 거다.—

언젠가 누군가에게 그런 말로 충고를 들었던 적도 있다.

그렇다면 이 저주는 이미 그때부터 시작된 것이었나.

"……그렇게도, 너는………."

이미 왕년의 존엄도 귀현貴顯도 없이 버서커 클래스로 떨어져 완전히 변해 버린 그 모습을 앞에 두고, 세이버는 흘러넘치는 눈물을 멈추지도 못하고 그저 질문할 수밖에 없었다.

"그렇게나 내가 미웠던 것이냐, 친구여…. 그런 모습이 되면서까지… 그렇게까지 할 정도로 나를 원망하는 거냐, 호수의 기사—서sir 랜슬롯!"

마지막까지 긍지를 내걸고, 명예로움을 믿으며 싸워 왔던 소녀의….

그것이 패배의 순간이었다.

— 03:59:32

정적 속에서 눌어붙은 탄내가 코를 찌른다. 넓은 건물 어딘가에서 화염이 피어오르고 있는 것 같다.

서두르지도 주저하지도 않는, 막힘없는 조용한 발걸음으로 에미야 키리츠구는 아무도 없는 출입구 홀의 중앙으로 천천히 나아간다.

온몸의 근육은 적당히 풀어져서 쓸데없는 힘이 들어간 곳은 어디에도 없다. 그 한편으로 정신은 얼어붙은 호수처럼 고요한 거울이 되어서 주위 일대의 전경을 비추고 있다. 청각보다 날카롭게, 시각보다 명석하게, 일절의 사각 없이, 그 어떤 사소한 움직임도 곧바로 간파하는 바늘로 자신을 바꾼 채 어둠 속을 천천히 걸어간다.

이 후유키 시민회관의 어딘가에 코토미네 키레이가 있을 것이다. 에미야 키리츠구가 도착하길 기다리며.

결과적으로 키리츠구가 세웠던 매복 계획은 전부 헛수고로 끝났다. 하지만 그것이 분하거나 아깝지는 않았다. 오히려 코토미네 키레이라는 수수께끼 같은 적의 정체를 간신히 파악할 수 있었던 것이 수확이다. 키리츠구의 모든 예측을 배신한 것으로, 말하자면 소거법에 의해 답은 도출되었다.

즉, 그 남자는 성배에 흥미가 없다.

대개 모든 마스터들이 성배를 구해서 싸우고 있을 것이란 선입관이 오늘까지 키리츠구의 눈을 현혹시켜 왔다. 그렇기에 어디까지나 성배에 얽매이지 않은 코토미네 키레이의 거동이 수수께끼 같은 섬뜩함으로 키리츠구를 괴롭혀 왔던 것이다.

그러나 오늘 밤, 성배강림의 의식에 이른 상태에서 키레이가 선택한 전략을 지켜보고 새삼 키리츠구는 애초의 대전제부터 틀렸음을 이해했다.

이 후유키 시민회관을 제단으로 사용하는 데 있어, 키레이의 준비는 너무나도 조잡했다. 그렇지 않아도 마술적인 요충지로서의 기반이 없는 빈약한 요새인데, 방비에 대한 준비를 한 흔적이 전혀 없다. 아무리 시간이 한정되어 있더라도 최소한의 간이적인 덫이나 방벽 종류는 설치해 두는 것이 당연할 터. 애초에 그런 준비도 제때 하지 못한 상황에 다른 서번트를 불러들여서 결판을 내려고 하는 판단은 상식 밖이다. 백 보 양보해서 방어수단을 가진 마술에까지 소양이 없었다고 해도, 어째서 네 군데의 영맥 중에 가장 방어전에 부적합한 장소를 선택했는가.

여기까지 오면 키리츠구도 수긍할 수밖에 없었다. 즉 코토미네 키레이에게 성배의 강림은 이차적인 문제인 것이다. 그 남자는 단순히 매복의 가능성이 가장 낮은 장소로 보고 이 후유키 시민회관을 골랐다. 무사히 성배를 출현시키는 것보다, 남아 있는 마스터와의 최종결전 자체를 유리하게 이끌 주도권을 얻고 싶은 것이다.

코토미네 키레이는 성배가 아니라 그곳에 이를 때까지의 유혈에 목적을 두고 있다. 그 이유는 확실치 않지만, 이미 해명할 필요조차 없다. 그 대행자가 누구를 표적으로 정해 두고 있는지가 명확한 만큼, 이미 충분하다.

가볍게 쥐고 있는 톰슨 컨텐더의 총목, 그 딱딱한 호두나무 재질의 감촉을 확인하면서 키리츠구는 아직 사진으로밖에 보지 못한 남자의 얼굴을 떠올린다.

대체 어디에서 어떠한 형태로 코토미네 키레이와의 인연이 생겨났는지, 이미 사색하는 것조차 허무한 시도다. 타인으로부터의 살의에 대해, 그런 일을 당할 기억이 전혀 없다고 단언할 수 있을 정도로 키리츠구의 인생은 평온하지 않았다. 그저 키리츠구에 대한 사적인 원한만으로 이 성배전쟁에 발을 들인 외부인…. 그 가능성을 제외해 왔던 것은 어디까지나 확률상의 이유에 지나지 않는다. 그런 이레귤러가 예상 밖으로 최종결전까지 살아남아서 성배의 행방까지 혼란시키는 것은 확실히 아주 희귀한 사태이지만, 지금 그 현실을 눈앞에 두게 되면 그저 사실로서 받아들일 수밖에 없다.

철이 든 뒤 에미야 키리츠구는 진리나 답을 구한 적이 한 번도 없다. 그에게 돌아볼 가치가 있는 것은 항상 '상황' 그 자체뿐이었다.

많은 것을 구하자고, 단지 그것만을 마음속으로 맹세해 왔다. 구하는 목숨에 귀천은 없다. 희생과 구제를 측량하는 천칭에는, 이유도 사정도 일절 관계없다. 그래서 그런 식으로 살아왔다. 자신이 한 일의 의미를 묻는 것은 어리석기 짝이 없는 일이라고 단정해 왔다.

그렇기에… 이미 키리츠구의 가슴에, 과거 코토미네 키레이에 대해 품었던 공포와 위기감은 티끌만큼도 없다.

그 목적이 알려진 시점에서 그 남자는 단순히 키리츠구의 앞길을 막는 장애물로 그 의미가 격하되었다. 설령 아무리 강적이더라도, 도전해야 할 모습만 확실해진다면 그것은 감정의 대상이 되지 않는다. 두려워하지 않고, 미워하지 않고, 경시하지 않고, 가차 없이 그저 배제하는 것만을 생각할 뿐이다. 그것이 키리츠구가 살인기계로서의 자신에게 부과한 유일하면서 무이한 기능이었다.

후유키 시민회관의 주요 시설이라고 할 수 있는, 1층에서 3층까지를 점한 광대한 콘서트홀. 모든 내장설비를 마치고 이제 개막공연만을 기다리는 무대 위에서, 키레이는 죽은 호문쿨루스의 유체를 안치하고 있었다.

부드러웠던 복부의 안쪽에 지금은 명백한 이물감이 있었다.

아마도 장기로 위장했던 성배의 그릇이, 이미 본래의 형태로 돌아가 있는 것이리라. 지금 복강을 찢으면 그것을 손에 넣을 수 있겠지만, 키레이는 초조해하지 않았다. 앞으로 서번트의 혼이 한 명이라도 더 회수되면 그것으로 외장은 저절로 붕괴해 성배가 드러나게 될 것이다. 그저 기다리기만 하면 된다.

아처는 대교 위에서 라이더를, 버서커는 지하주차장에서 세이버를 막고 있다. 만사가 이상적인 전개였다. 지금이라면 누구도 키레이를 방해할 수 없다.

콘서트홀을 뒤로하고 복도로 나온다. 갑자기 충만해 있던 검은 연기의 냄새가 밀려들었다. 아마도 화재의 원인은 지하에서 벌어진 전투이겠지만, 냄새의 밀도로 보면 이미 건물의 구석까지 불이 상당히 번진 낌새다. 그러나 화재경보를 포함해서 외부로 이어지는 회선은 전부 차단을 끝내 두었다. 불길이 건물 밖까지 미치지 않는 한, 인근 주민도 깨닫지 못할 것이다.

걸어감에 따라 고개를 쳐드는 고양감. 축복의 성구聖句가 입을 뚫고 나온다.

—내 영혼을 소생시키시고, 자기 이름을 위하여 의의 길로 인도하시는도다. 내가 사망의 음침한 골짜기로 다닐지라도 해를 두려워하지 않을 것은 주께서 나와 함께 하심이라.—

있다. 지금이야말로 만남을 확신한다.

에미야 키리츠구는 바로 근처까지 와 있다. 키레이가 그를 구하는 것처럼, 그도 역시 키레이를 구하고 있다.

불길은 이미 어둠을 밀어내며 복도 여기저기에서 타닥타닥 춤추기 시작하고 있다. 그러나 뺨을 쓰다듬는 열기도 지금은 신경 쓰이지 않는다. 가슴속에 넘치는 혈기가 훨씬 뜨거웠다.

지금 처음으로, 키레이는 축복을 느끼고 있었다. 평생에 걸쳐 단 한 번도 그를 돌아보지 않았던 신이, 간신히 길을 보여 주고 있다.

구하고 있던 것은 바로 이 증오다. 환희와 함께 검을 쥘 이유다.

—주의 지팡이와 막대기가 나를 안위하시나이다. 주께서 내 원수의 목전에서 내게 상을 차려 주시고 기름을 내 머리에 부으셨으니 내 잔이 넘치나이다.—

벽과 천장을 기는 불길의 혀는 연옥으로 이어지는 이정표가 되어 두 남자를 이끈다.

그들은 묵묵히 나아갔다. 의기양양하게 나아갔다. 조금도 헤매지 않고, 대결의 장소로.

그리고 만남은 지하 1층. 무대 바로 아래의 대도구 창고.

피어오른 검은 연기 너머로 에미야 키리츠구는 사제복을 입은 장신의 남자를 발견하고….

흔들리는 아지랑이 저편에서 코토미네 키레이는 적의 검은 코트를 발견한다.

그 손에 쥔 것은 흑건의 광채. 건오일의 윤기에 번들거리는 마총의 총신.

그 살의를 양자가 알고 있었다. 그 격렬함을 서로가 각오하고 있었다.

그렇다면 이미 나눌 말조차 있을 리 없다.

끝내 그 눈으로 직접 서로를 본 두 사람은, 동시에 한 가지 결론을 내렸다.

일곱 명의 마스터. 일곱 명의 서번트. 그런 것은 어차피 단순한 '상황' 일 뿐이었다고.

에미야 키리츠구에게 이 싸움은.

코토미네 키레이에게 이 후유키라는 전장은.

전부 지금 눈앞을 막아선 저 적을 쓰러뜨리기 위한 것일 뿐이었다.

불길 속에서 칼이 춤춘다.

오른쪽에 세 자루, 왼쪽에 세 자루. 합계 여섯 자루의 흑건을 뽑아 든 채로 질주하는 대행자.

바람을 일으키며 달려오는 그 그림자에 암살자의 총이 조준을 맞춘다.

지금 여기에, 최후의 대결이 소리도 없이 그 막을 올렸다.

— 03:59:04

대지를 울리고 모래연기를 피우며 다가오는 '왕의 군세—아이오니언 헤타이로이'.

너무나도 압도적인 그 광경을 앞에 두고도 영웅왕 길가메시는 여전히 티끌만큼의 동요도 하지 않는다.

그 장관을 응시하는 붉은 눈동자에는 어디까지나 핏빛 유열만이 깃들어 있을 뿐. 이 세상 모든 열락을 맛본 왕만이 아는, 상식의 틀 밖에 있는 감각이다.

사실, 아처는 몹시 기뻐하고 있었다.

시간의 끝까지 불려 왔으면서도 싸움이란 이름의 촌극을 반복하는 나날에 질려 있었다. 그런 그가 지금 간신히 '적'으로 인정할 수 있는 상대를 얻은 것이다.

저 라이더로부터의 도전은 전력을 다해 쟁패할 가치가 있다.

"꿈을 한데 모아 패도를 지향한다…. 그 마음가짐은 칭찬해 주마. 하지만 병사들이여, 알고 있는가? 꿈이란 머지않아 깨어서 사라지는 것이 도리임을."

아처는 손에 든 열쇠검으로 허공에서 보물창고를 연다. 그러나 '왕의 재보—게이트 오브 바빌론'의 전개는 없다. 나온 것은 단 한 자루의 검이다.

"그러므로 너의 앞길에 내가 서 있는 것은 필연이었구나. 정복왕."

…과연 그것은 '검'이라고 불릴 수 있는 무기였을까.

너무나도 기묘한 형태의 무기였다. 칼자루가 있고 코등이가 있고, 날 길이는 거의 장검에 가깝다. 하지만 정작 중요한 '도신刀身'에 해당하는 부분이 날붙이로서의 형상을 너무나 벗어나 있었다. 3단계로 연결된 원기둥과, 그 끄트머리에는 나선형으로 비틀린 무딘 칼날. 세 개의 원기둥은 맷돌처럼 천천히, 번갈아 가며 계속 회전하고 있다.

그렇다, 그것은 이미 검이 아니다. 이 세상에 '검'이라고 불리는 개념이 나타나기 전에 탄생한 물건이, 기존에 알려진 검의 형태일 리 없다. 그것은 인간의 출현 이전에 신이 만든 물건. 세계의 시작에 기록된 신의 업의 구현이었다.

맷돌 같은 세 개의 원통은 천구의 움직임에 호응하여, 각각이 지각변동과 동등한 무게와 힘을 삐걱거리게 하며 돌고 있다. 넘쳐흐르는 막대한 마력은 이미 측정의 영역 밖이다.

"자아, 못다 꾼 꿈의 결말을 똑똑히 확인해라. 내가 직접 세상의 이치를 보여 주마."

머리 위로 높이 치켜든 아처의 손안에서, 시작의 검은 천천히 회전의 속도를 올려 간다. 한 바퀴 돌 때마다 빠르게, 더욱 빠르게….

그 위협을 직감만으로 깨달은 라이더는 부케팔로스를 고삐로 재촉했다.

"온다!"

선수는 아처에게 넘겼다. 그것은 좋다. 허락하는 것도 단 일격뿐이다. 다음 수를 기다리지 않고 '왕의 군세—아이오니언 헤타이로이'는 고고한 황금의 형체를 유린한다.

그렇다면 요는 그 일격을 어떻게 견뎌 낼 것인가에 있다. 무수한 보구를 자랑하는 아처라면, 그것은 녀석 나름의 승기를 확신할 수 있을 만한 비장의 무기일 것이 틀림없다.

대군對軍보구인가?

대성對城보구인가?

아니면, 대인보구의 저격으로 진두의 라이더만을 확실히 처치할 심산인가….

귀가 울리는 강풍의 굉음을 내며, 아처의 칼자루에서 막대한 마력이 끓어오른다.

"자, 눈을 떠라, '에아Ea'여. 너에게 어울리는 무대가 마련되었다!"

에아. 고대 메소포타미아 신화에서 '하늘'과 '안'으로 나뉜 대지와 물의 신.

그 이름으로 불린 이 '괴리검'이야말로 신대神代에서 세계의 창조에 입회한 원초의 검. 시작의 칼날이 맡은 역할이란, 아직 형태가 없었던 하늘과 땅을 갈라서 확실히 판별할 수 있는 모습을 부여하는 것이었다.

지금 거만하게 열풍을 일으키며 회전하는 신의 검이 다시 창세의 기적을 연출할 때에 이르러, 황금의 영웅왕은 홀연하게 외치며 선언했다.

"자, 우러러봐라. '천지를 가르는 개벽의 별—에누마 엘리시 Enuma Elish'를!"

하늘이 절규하고 땅이 진동한다.

우주의 법칙을 일그러뜨려서 해방된 막대한 마력의 다발.

아처가 휘두른 칼끝은, 애초에 누군가를 노린 것이 아니다.

이미 누구를 노릴 것도 없는 것이다. 괴리검의 칼날이 가르는 것은 고작 '적' 같은 것이 아니다.

질주하는 라이더의 눈앞에서 대지가 끊어지고 나락이 열린다.

"으음?!"

갑자기 발아래에 생긴 위기를 라이더가 알아차렸다 한들, 질주하는 부케팔로스의 기세는 이미 제지할 방도가 없었다.

"히익…!"

이미 피할 수도 없는 낙하의 운명에 웨이버는 비명을 억눌렀다. 그렇지만 물론 지금 그를 운반하는 것은 그 정도의 위기에 겁먹을 정도의 말과 기수가 아니다.

"하앗!"

라이더의 고삐에 응하며, 영마는 호쾌한 뒷다리의 도약 한 번으로 드높이 공중을 날았다.

간담이 서늘해지는 도약과 활공. 웨이버에게는 무한으로 생각되는 찰나의 시간 끝에 부케팔로스가 다시 내딛은 것은, 갈라진 땅의 맞은편 대지였다.

그러나 안도할 짬도 없이 웨이버는 이어지는 기마대의 참상에 낯빛을 잃었다.

부케팔로스만큼의 각력이 없었던 근위병단은 대지의 단열을 건너지 못하고 무력하게, 마치 눈사태처럼 나락으로 떨어져 간다. 보다 후열에 있던 기마대는 아슬아슬하게 멈춰 서서 낙하를 면했지만, 그것은 아직 참상의 시작에 지나지 않았다.

"꼬마, 붙잡아라!"

질타와 함께 라이더가 웨이버를 안은 채로 부케팔로스의 갈기에 달라붙는다.

위기를 깨달은 영마가 안전권으로 뛰어서 물러서는 사이에, 갈라진 땅의 틈새가 폭을 넓히며 주위의 땅과 기병들을 삼켜 간다.

아니, 대지만이 아니다. 균열은 지평선에서 아무것도 없는 허공에까지 확산되고, 공간을 일그러뜨리고 대기를 빨아들이며 소용돌이치는 바람과 함께 주위의 모든 것을 허무의 끝으로 날려 버린다.

"이, 이건…!"

그것은 제아무리 정복왕이라도 말을 잃을 광경이었다.

영웅왕이 쥔 괴리검. 그 일격이 뚫은 것은 대지뿐만이 아니라 하늘까지 이르는 **세계 그 자체**였다. 그 공격은 이미 명중하는가 못 하는가, 위력이 큰가 작은가를 이야기하는 수준이 아니었다. 병사가, 말이, 모래먼지가, 하늘이, 찢겨진 공간을 의지하고 있던 만물이 소용돌이치며 허무를 향해 삼켜지고 사라져 간다.

부케팔로스가 혼신의 힘으로 버티며 진공의 기압 차이에 저항하는 사이에도 '왕의 군세—아이오니언 헤타이로이'가 자아내는 열사의 대지는 금이 가고, 깨지고, 마치 모래시계가 끝나 가는 순간처럼 허무하게 나락으로 붕괴해 간다.

그 칼 한 자루를 휘두르기 전의 유상무상有象無象은 아무런 의미를 갖지 않은 혼돈에 지나지 않고.

그 칼 한 자루가 휘둘러지고 나서야 새로운 이치가 하늘과 바다와 대지를 나눈다.

해방된 천지창세의 격동은 이미 대성보구의 영역조차도 넘어서고 있다. 형상을 지닌 것뿐만 아니라 삼라만상 전부를 붕괴시키는 규격 외의 존재. 그것이야말로 영웅왕을 초월자로 만드는 '대계對界보구'의 정체였다.

하늘이 무너지고 대지가 부서지며 모든 것이 무로 돌아가는 어둠 속, 그저 혼자 찬연하게 빛나는 아처의 괴리검. 그 빛은 마치 새로운 세계를 처음으로 비추는 개벽의 별처럼 찬란하게 파멸을 마무리 짓는다.

라이더도 웨이버도 그 전부를 지켜보지는 못했다. 원래부터 그들이 있던 고유결계는 소환된 영령들의 총 마력에 의해 유지되고 있었다. 세계 자체가 사라지기보다 먼저, 군세의 과반수를 잃은 시점에서 결계가 무너져서 뒤틀려 있던 우주의 법칙이 다시 원래의 모습으로 돌아온다.

그리고 꿈에서 깬 것처럼, 두 사람을 태운 부케팔로스는 밤의 후유키 대교에 착지했다.

다리의 맞은편에는 싱긋 미소 지으며 서 있는 황금의 아처. 양자의 위치관계는 변하지 않아서, 마치 싸움의 시간이 초반으로 되돌려진 것 같았다.

눈에 보이는 유일한 변화는 아처의 손안에서 지금도 무겁게 뒤틀리며 으르렁거리는 괴리검의 존재뿐.

그리고 눈에 보이지 않는 치명적 변화는 라이더의 비장의 카드 '왕의 군세—아이오니언 헤타이로이' 의 소실이었다.

"라이더…."

창백한 얼굴로 올려다보는 마스터에게, 거한의 서번트는 엄숙하고 진지한 얼굴로 물었다.

"그러고 보니 한 가지, 물어봐 둬야 하는 것이 있었지."

"…엉?"

"웨이버 벨벳이여. 신하로서 짐을 모실 마음은 있나?"

격정이 온몸을 떨게 만들었다. 그리고 봇물이 터진 것처럼 눈물이 그치지 않고 넘쳐흘렀다.

결코 듣게 될 리 없음을 알면서도, 그래도 동경하며 희망하던 물음이었다. 대답은 찾을 것도 없다. 그것은 자신의 마음속에 보물처럼 감춰 놓고 있었으니까.

"당신이야말로…."

지금 처음으로 이름을 불린 소년은, 눈물로 범벅이 된 얼굴로 가슴을 펴고, 흔들리지 않는 목소리로 대답했다.

"…당신이야말로 나의 왕이야. 당신을 모시겠어. 당신에게 모든 것을 바치겠어. 부디 나를 이끌어 줘. 같은 꿈을 꾸게 해 줘."

맹세의 말에 패도의 왕은 미소 지었다. 그 미소는 신하에게 그 어떤 상보다도 큰 보수였다.

"그래, 좋다."

떠오를 듯한 환희에 감싸인 직후, 웨이버의 몸이 정말로 공중에 떴다.

"…어?"

왕은 소년의 왜소한 몸을 부케팔로스의 등에서 집어 들더니 아스팔트 노면 위에 살며시 내려놓았다. 마상의 높이를 잃고 원래 키의 시야로 돌아오게 되자, 웨이버는 새삼 맛보는 그 낮은 높이와 자신의 왜소함에 그저 당황할 수밖에 없었다.

"꿈을 시사示唆하는 것이 왕인 짐의 임무다. 그리고 왕이 시사한 꿈을 끝까지 지켜보고 후세에 이야기하는 것이 신하인 너의 임무다."

이미 손이 닿지 않을 정도로 아득히 높은 곳으로 보이는 안장 위에서 정복왕은 단호하게, 그러나 쾌활하게 미소 지으면서 칙명을 내렸다.

"살아라, 웨이버. 모든 것을 지켜보고, 그리고 살아남아서 이야기하는 거다. 네놈의 왕이 보인 본연의 모습을. 이 이스칸다르의 질주를."

격려하듯이 발굽을 울린 부케팔로스의 움직임은 이제부터 사지로 향하는 왕과 어려운 임무를 받은 신하, 대체 어느 쪽을 향한 것일까.

웨이버는 고개를 숙이고, 그 뒤로 고개를 들지 않았다. 이스칸다르는 그것을 수긍으로 받아들였다. 말 같은 건 필요 없다. 이제 오늘부터 시간의 끝까지, 왕의 모습은 신하를 인도하고 신하는 그 기억에 충성할 것이다. 맹세 앞에서는 이별조차 의미를 갖지 않는다. 이스칸다르의 막하에서, 왕과 신하를 연결하는 유대는 시간을 넘어서 영원하니까.

"자, 가자. 부케팔로스!"

그리고 정복왕은 애마의 옆구리를 차고, 최후의 질주에 나섰다. 준비를 마치고 기다리고 있는 원수를 향해, 날카롭고 우렁차게 포효하며.

그는 전략가였다. 승부의 귀추가 어떻게 결정될지도 충분히 알고 있었다. 그러나 '그것'과 '이것'은 이야기가 다르다. 정복왕 이스칸다르는 이미 저 황금의 영령을 향해서 돌진하는 것 외에 다른 처방 따윈 아무것도 떠오르지 않았다.

체념도 아니다. 절망도 아니다. 있는 것은 가슴이 터질 듯한 흥분뿐.

강하다. 녀석은 너무나도 강하다. 세계 그 자체조차 찢어 버린 저 영웅은, 그야말로 천상천하에 최강의 적이 틀림없다.

그렇기에 저 남자야말로 최후의 적이다.

저것은 힌두쿠슈의 봉우리보다 높고, 마크란의 열사보다 뜨거운 이 세상의 마지막 난관이다. 그러니 어찌 정복왕이 도전하지 않을 수 있겠는가. 저것을 넘어선 다음이야말로 세상의 끝이다. 언젠가 꾸었던 아득한 꿈이, 지금 눈앞에 성취를 기다리고 있다.

'저 너머에야말로 영광이 있으리—토 필로티모'. 도달할 수 없기에 도전하는 것이다. 패도를 노래하고 패도를 내보인다. 이 등을 지켜보는 신하들을 위해서.

앞길에 우뚝 선 영웅왕은 느긋하게 도전자를 응시하며 그 보물창고를 해방한다. 20, 40, 80…. 눈부시게 반짝이면서 허공에 전개되는 보구의 무리. 그 빛이 정복왕에게, 먼 옛날에 우러러보았던 동방의 별빛을 떠올리게 한다.

"AAAALaLaLaLaLaie!!"

가슴 떨리는 환희에 포효하면서 애마와 함께 달린다.

요란하게 으르렁거리며 육박하는 별들의 비. 끊임없고 자비 없이 충격이 온몸을 유린한다. 그러나 그런 아픔 따위, 이 질주가 주는 흥분에 비하면 하찮고 사소한 일일 뿐이다.

'세상의 끝' 에는 이를 방법이 없다며, 약한 마음에 휩싸인 적도 있었다. 어리석기는. 이 무슨 추태인가.

바라던 그 '세상의 끝' 이 지금 그의 앞길에 우뚝 서 있다. 셀 수 없을 정도로 수많은 언덕을 넘고 수많은 강을 건넌 끝에 드디어 찾아낸 도착점.

그렇다면 넘을 수 있다.

저 적의 위를 밟고 넘어간다.

한 걸음, 또다시 한 걸음 앞. 그저 그것만을 반복한다. 그렇게 쌓아 가면 언젠가 반드시 저 아득히 먼 모습에도 칼끝은 닿는 것이다.

요란하게 퍼부어지는 별들의 무리. 자칫 의식조차 멀어질 것 같은 그 맹위에, 깜빡 자세가 기울어진다.

정신이 들고 보니, 어느샌가 자신의 발로 달리고 있었다. 애마 부케팔로스는 어디까지 이르고, 그리고 어디서 스러졌을까. 마지막까지 과감하게 역할을 다한 붕우를 기리고 싶기는 하나, 그렇기에 더더욱 멈춰 설 수 없다. 지금 그가 앞으로 달려 나가는 이 한 걸음이야말로, 쓰러져 간 자들에 대한 추도이니까.

황금의 숙적이, 자못 어이없다는 얼굴로 뭔가를 말하고 있다. 하지만 들리지 않는다. 귓가를 스치고 지나가는 섬광의, 그 열풍의 소리조차 이미 귀에 닿지 않는다.

들리는 것은, 그저 파도소리.

저 아득한 세상의 끝, 아무것도 없는 해안에 밀려오는, 이 세상의 끝에 있는 바다의 소리.

아아, 그랬나. 그렇게 후련한 마음으로 이해한다.

어째서 지금이 될 때까지 깨닫지 못했을까. 이 가슴의 고동이야말로 오케아노스의 파도소리였노라고.

"하핫…. 아핫핫핫핫!"

파도치는 물가를 꿈꾸며 달린다. 발에 채여 흩어지는 파도의 감촉이 발끝에 기분 좋게 와 닿는다. 새빨갛게 발아래를 적시는 그것은 어쩌면 그 자신의 배에서 뿜어져 나오는 유혈이었을지도 모르지만, 그게 어떻다는 말인가. 지금 그는 바다를 꿈꾸고 있다. 이보다 더한 행복이 있겠는가.

기다리는 영웅왕은 이제 곧 눈앞이다. 앞으로 한 걸음. 거기에 다음 걸음으로 손에 치켜든 검이 녀석의 정수리를 쪼갤 것이다.

"하아아아앗!"

하늘까지 닿을 듯이 드높은 승리의 함성을 내지르며 큐플리오트의 검을 내리친다.

승리를 확신한 절정의 순간. 눈 깜짝할 사이에 지났을 그 찰나가 어째서인지 영원처럼 늘어진다. 마치 시간이 정지한 것처럼.

아니, 실제로 멈춰 있었다. 시간의 흐름이 아니라 그 자신이.

휘두른 검이 닿기 직전에, 그 도신과 팔다리와 어깨와 허리에 감겨 있던 굳센 쇠사슬의 속박에 정복왕은 탄식했다.

하늘의 사슬—엔키두Enkidu. 영웅왕의 창고에 있는 비밀 중의 비밀. 하늘의 수소조차 붙잡을 수 있다는 쇠사슬.

"이거 참, 네놈…. 계속해서 기묘한 물건을……."

이상하게도 회한은 없었다. 그저, 깜빡하고 사소한 것에 발이 걸려 넘어져 버렸다는 자조가 피에 물든 입가에 쓴웃음을 짓게 했다.

큐플리오트의 검은 닿지 않았으나, 길가메시의 괴리검은 그 무딘 칼끝으로 이스칸다르의 가슴팍을 관통하고 있었다. 느릿느릿 돌아가는 도신의 감촉을 폐부 안쪽으로 느낀다. 정말이지 터무니없는 검이구나, 하고 정복왕은 마치 남의 일처럼 어이없다는 듯 감탄하고 있었다.

"…꿈에서 깨었나? 정복왕."

"…그래, 응. 그렇지…."

이번에도 이뤄지지 않았다. 못 다 꾼 꿈은 다 꾸지 못한 채로 끝났다. 그러나 생각해 보면 그것은 일찍이 인생을 걸었을 때의, 단 한 번뿐인 꿈이었을 터이다.

먼 옛날, 소아시아에서 꿈꾸었던 몽상. 다시 이 극동의 땅에서 그 시절과 똑같은 꿈을 꾸었다.

그런 기구한 전말을 생각하며 이스칸다르는 미소 지었다.

두 번이나 똑같은 꿈을 꾸었다면 세 번째가 있어도 이상할 것 없다.

요컨대….

슬슬, 다음 꿈을 꿀 무렵이다.

"이번 원정도, 참으로… 꽤나, 가슴이 뛰었지…."

피 안개에 흐려진 눈초리를 가느다랗게 뜨며, 이스칸다르는 만족스러운 듯 중얼거렸다. 그 만족하며 기뻐하는 얼굴을 지켜보며 길가메시는 엄숙하게 끄덕였다.

"다시 몇 번이라도 도전하도록 해라, 정복왕."

온몸 구석구석을 보구의 비에 꿰뚫리면서도 끝내 하늘의 사슬에 저지당할 때까지 걸음을 멈추지 않았던 호적수에게 영웅왕은 최대의 찬사, 거짓 없는 칭찬의 뜻을 하사했다.

"시공의 끝까지, 이 세계는 그 어디나 나의 정원이다. 그렇기에 내가 보증한다. 세계는 결코 그대를 질리게 하지 않을 것이다."

"호오…. 그거, 참, 좋구먼…."

마지막으로 그런 태평스러운 맞장구를 치고서 서번트 라이더는 조용히 소멸해 갔다.

시간상으로 보면 그것은 짧은 전투였을 것이다. 기마의 영령이 달려서 다리 저편으로 건너갈 때까지 단 수초도 채우지 않는 공방으로 끝났을 것이다.

하지만 눈 한 번 깜짝하지 않고 모든 것을 눈에 새긴 웨이버에게, 그것은 평생에 상당할 정도로 길고 무거운 시간이었다.

이제는 잊을 수도 없다. 설령 마음에 덮어 두려고 해도 잊힐 리가 없다. 지금 이 몇 초간 눈으로 본 광경은, 이미 그의 혼의 일부가 되어서 결코 분리되지 않을 것이다.

홀로 길 위에 남겨진 그 위치에서, 웨이버는 손끝 하나 꼼짝하지 않고 서 있었다. 움직여야 한다는 건 잘 알고 있지만, 한 걸음이라도 다리를 움직이면 힘이 빠져서 쓰러져 버릴 것 같았다.

하지만 지금 무릎을 굽혀서는 안 된다. 그것만큼은 결코.

황금의 아처는 잔인한 핏빛 눈동자로 웨이버를 응시한 채로 천천히 걸어온다. 눈을 피해서는 안 된다. 아무리 공포에 온몸이 얼어붙더라도 그것만큼은 이해할 수 있었다. 지금 눈을 돌리면 목숨은 없다.

감출 수도 없는 공포에 떨면서도 절대 눈을 돌리려 하지 않는 소년의 앞에 서서, 아처는 일절 감정이 담기지 않은 목소리로 말했다.

"애송이, 네가 라이더의 마스터인가?"

공포에 얼어붙은 목에서 목소리가 나올 리 없다고 생각했지만, '그' 와의 인연을 묻자마자 아주 잠깐 경직이 풀렸다. 웨이버는 고개를 젓고 갈라진 목소리로 대답했다.

"아니. 나는… 그 사람의 신하다."

"흐음?"

아처는 눈을 가느다랗게 뜨고서 웨이버의 몸을 빈틈없이 살펴보고는, 비로소 그 몸의 어디에도 영주의 기척이 느껴지지 않음을 깨달았다.

"…그런가. 하지만 애송이, 네가 진실로 충신이라면 죽은 왕의 원수를 갚을 의무가 있을 텐데?"

두 번째 물음에도, 이상할 정도로 고요한 마음으로 웨이버는 다시 대답했다.

"…너에게 도전하면 나는 죽어."

"당연한 일이겠지."

"그럴 수는 없어. 나는 '살아라' 라는 명령을 받았다."

그렇다. 죽을 수 없는 것이다. 왕이 기탁한 최후의 말을 가슴에 새긴 지금에 와서는.

웨이버는 무슨 일이 있더라도 이 궁지에서 도망쳐야만 했다. 적 서번트를 앞에 두고도 몸을 지킬 방법이 없는, 모든 술책이 다한 절망적 상황이지만 그래도 결코 포기만은 할 수 없었다. 그런 식으로 그 맹세를 저버리는 것만은.

그것은 어쩌면 죽음을 받아들이고 체념하기보다 훨씬 잔혹한 괴로움이었을 것이다.

도망칠 방법도 없는 죽음을 앞두고, 어쩌지도 못하고 몸을 떨면서 그저 눈빛만으로 불굴을 호소하는 소년. 그 너무나도 작은 몸을, 길가메시는 잠시 말없이 내려다본 뒤에 살짝 한 번 끄덕였다.

"충성을 다하느라 노고가 많다. 결코 그 자세를 잃지 마라."

마스터도 아니고 역도逆徒도 아닌 잡종이라면 손댈 만한 이유는 없다. 그것이 왕인 그의 결정이었다.

발걸음을 돌리고 천천히 걸어가는 황금의 영령을, 웨이버는 말없이 떠나보냈다. 이윽고 그 모습이 시야에서 사라지고 강에서 불어온 차가운 바람이 계속 굳어 있던 전장의 공기를 남김없이 쓸어가 버린 뒤, 소년은 밤 속에 홀로 남겨진 자신을 깨닫고 그때서야 간신히 모든 것이 끝났음을 이해했다.

살아남은 기적에 새삼 무릎이 후들거렸다.

저 아처는 마음을 바꾸기 직전까지 분명히 웨이버를 죽일 생각이었다. 호흡처럼 발하는 살기로 무언중에 그렇게 선고하고 있었다. 만약 웨이버가 눈을 돌렸거나, 다리가 풀려 주저앉았거나, 대답이 막혔더라면 사실 그렇게 되었을 것이다.

단순히 목숨을 구걸한 것이라고 비웃는다면, 그것은 가차 없는 영웅왕에 대해서 모르기 때문이다. 공포에 저항하고 아직 목숨이 붙어 있는 것만으로도 그것은 하나의 투쟁, 하나의 승리였다. 웨이버 벨벳이 혼자, 처음으로 도전하고 승리해서 얻은 것이었다.

꼴사납고 초라한 싸움이었다. 용맹스러움과도 화려함과도 거리가 멀다. 누구를 굴복시킨 것도 무엇을 쟁취한 것도 아니다. 살아서 궁지를 빠져나왔다는, 단지 그것뿐이다.

하지만 그래도 웨이버는 기뻤다. 자랑스러웠다. 그때, 그 상황하에서 있을 수 없는 결말에 도달했다는 것의 존귀함은 웨이버 당사자밖에 알 수 없다. 그 긍지는 그의 속에만 있다. 설령 곁에서 보기에 비참하더라도, 부끄러워할 이유가 어디에 있겠는가.

그는 왕명을 준수했다. 모든 것을 지켜보고, 살아남았다.

칭찬받고 싶었다. 그 커다랗고 두툼한 손바닥에. 대범하고 배려 없는 굵직한 목소리에. 이번에야말로 부끄러움을 감추는 짓은 하지 않을 것이다. 솔직하게 가슴을 펴고 그 남자에게 공적을 자랑할 수 있었을 것이다.

그런데도… 침묵에 가라앉은 밤 속에, 웨이버는 어찌할 수 없을 정도로 외톨이였다. 곁에는 이제 아무도 없다. 열하루 전의 그가 그랬던 것처럼, 지금 다시 웨이버는 이 비정하고 무관심한 세계의 가장자리에 홀로 남겨졌다.

그만의 싸움. 그만이 고독하게 극복한 업을 아무도 깨달아 주지 않는다. 아무도 칭찬해 주지 않는다.

하지만 그것이 잔혹한 처사라고 할 수 있는가 하면… 그렇지는 않다.

칭찬의 말이라면 조금 전에 충분하고도 남을 정도로 들었다. 이 세상에서 가장 웅대한 왕이 그를 인정하고 등용했던 것이다. 신하들 사이에 끼워 주겠다고 말했던 것이다.

단지 일의 앞뒤가 반대가 되었을 뿐이다.

그는 이미 먼 미래의 몫까지 칭찬받은 것이다. 그러니까 남은 여생의 전부를 소비해서 그 찬사에 걸맞은 공적을 쌓아 가는 수밖에 없다.

그렇다. 그때 그 말을 들은 것만으로, 그는 이미 고독하지 않다.

그것을 이해한 순간, 그가 소년이었던 나날은 끝났다.

그리고 그는 처음으로 알았다. 눈물이란 때로는 굴욕이나 후회와도 무관하게 흐를 수 있다는 것을.

지금 아무도 없는 다리 위에서, 흘러가는 강의 검은 수면을 내려다보면서 웨이버 벨벳은 아낌없이 뺨을 적신다.

그것은 뜨겁고도 상쾌한, 한 남자의 눈물이었다.

— 03:55:51

울고 있는 여인의 모습이 보인다.

아름다운 얼굴을 비탄에 물들이고 갈등의 주름을 미간에 새기며, 여자는 소리 죽여 울고 있다.

자신을 나무라며.

자신을 부끄러워하며.

모든 죄를 짊어진 죄인으로서 그녀는 영원히 눈물을 흘린다.

모두가 그녀를 손가락질하며 말한다. …부정한 아내라고. 왕비는 배신자라고.

화려한 전설에 현혹되어, 진실을 전혀 모르는 우매한 군중들이 그녀를 힐책하고 멸시한다.

그녀와 혼인한 남편이, 애초에 **남자가 아니었다**는 것조차 모르고.

단 한 사람, 마음을 바치고 사랑한 고귀한 얼굴.

그런데도 그녀에 대해 떠올릴 수 있는 것은 고뇌와 우울한 눈물뿐.

그렇다, '그' 도 역시 그녀를 슬프게 만들었다.

사랑해 버렸다….

사랑받아 버렸다….

그곳에, 함락의 전부가 있었다.

그녀도 처음에는 모든 것을 포기하고 달관하고 있었을 것이다.

난세에 황폐해진 나라를 구하기 위해서는 이상적인 왕이 필요하고, 왕의 곁에는 고상하고 정숙한 왕후가 필요했다. 그것이 많은 이들이 바라는 통치의 형태다.

그 아름다운 이상을 실현할 수 있다면, 한 여자의 인생 따윈 사소한 대가다.

왕이 남자가 아니었다고 해도. 성별을 속인, 여성 간의 형식뿐인 결혼이었다고 해도. 그것은 국가의 체면이라는 대의를 위해 필요한 희생이었던 것이다.

그래도 '그'는 그녀를 구하고 싶었다.

처음으로 왕궁에 올라 배알의 영광을 입은 그 순간부터, 이 여자를 위해서 목숨을 불사르고 모든 것을 바치겠다고 맹세했다.

웃는 얼굴로 지내면 좋겠다고, 행복을 느꼈으면 좋겠다고 간절히 바랐다.

그런 '그'의 마음 자체가 무엇보다 그녀를 괴롭히고 있었음을 안 것은, 모든 것이 늦어 버린 뒤였다.

그녀도 역시 '그'를 사랑해 버렸다.

여자로서의 행복을 포기한 그녀에게는 사랑 자체가 금기였음에도 불구하고.

설령 용서받지 못할 사랑이더라도, 죄를 등에 지고 가는 길을 관철하기로 마음먹었다면 가능했을 것이다.

사랑한 여자를 정말로 구하고 싶다고 생각한다면, 모든 것을 적으로 돌리더라도 마음을 전하는 것이 남자의 숙원일 것이다.

그렇지만… '그' 는 그것을 이룰 수 없었다.

그녀가 '여자' 도 아니고 '인간' 도 아닌, 왕의 치세를 떠받치기 위한 '왕비' 라는 부품이었던 것처럼.

'그' 도 역시 '남자' 도 아니고 '인간' 도 아닌, 왕에게 충성을 바치는 '기사' 라는 장치에 불과했으니까.

사람들은 그를 일컬어 '호수의 기사' 라 불렀다. 뛰어난 무용과 두터운 충절, 우아하고 유려한 행동거지. 그야말로 기사도의 정수를 체현한 자라고 모두가 찬양하고 부러워했다.

사람들뿐만 아니라 정령들에게까지 축복받은 이상적인 기사. 그 칭호가 '그' 의 긍지이며 동시에 '그' 의 저주이기도 했다.

'완벽한 왕' 을 섬기는 '완벽한 기사' . 그런 기대와 부탁을 받으며, 그것에 목숨을 거는 삶밖에 허락되지 않았던 남자.

그 인생은 당사자의 것이 아니라 기사도를 숭상하는 모든 이들의 것이다.

그리고 '그' 가 모시던 왕은 너무나 완벽했다. 흠잡을 데 없는 영웅이었다. 멸망해 가는 나라를 구한다는 유일한 '기사왕' 에게, '호수의 기사' 가 반감을 품을 리 없다.

'그' 는 완벽한 주군에게 충성했다. 고귀한 우정을 서로 맹세했다.

그 아름다운 기사도의 그늘에서 짓밟히고 보살핌 받지 못했던 여자의 눈물을 알면서.

어떠한 모습이 옳았는지, 지금 와서는 알 방법도 없다.

철저히 비정한 태도를 취하며 이상을 관철했어야 했는가, 의를 잃는 것을 두려워하지 않고 사랑을 지켰어야 했는가.

그저 갈등에 괴로워하며 헛되이 시간을 소비하던 중에, 이윽고 초래된 것은 최악의 결말이었다.

왕의 실추를 노리는 모략에 의해 왕비의 부정이 폭로되고, 사형을 선고받은 왕비를 구출하기 위해서는 왕의 원수가 되는 수밖에 없었다. 그리고 '그' 는 모든 것을 잃었다.

배신의 기사.

그 부정한 행동으로 원탁의 조화를 어지럽히고 그 결과 나라를 멸망에 이르게 한 전란의 단초를 연 '그' 를, 사람들은 비웃음을 담아 그렇게 부르게 되었다.

지나간 역사에 새겨진, 이미 씻을 수 없는 오명.

그래서 그녀는 아직 울고 있다. 과거에 '완벽한 기사' 였던 남자로 하여금 길을 잘못 들게 만든 자신을 책망하며.

결국 '그' 가 한 일은 사랑하는 여자에게 영원한 통곡을 가져다준 것뿐이었다.

하다못해 '그' 가 기사가 아니었다면 그 사랑은 이루어졌을까.

긍지도 부끄러움도 모르는 천박한 신분이었다면, 왕의 얼굴에 먹칠을 하고 왕비를 데리고 떠나는 것에 아무런 주저도 없었을지도 모른다.

그러나 '그' 는 기사였다. 기사로서 너무 완벽했다.

연적이며 사랑하는 여자에게 고난의 길을 걷게 한 원흉이었을 왕을 향해, 결국 '그' 는 단 한 번도 흐릿한 미움조차 품을 수 없었던 것이다.

그렇다, 어떻게 저 정도의 명군을 깎아내릴 수 있을까. 늘 누구보다도 용감하고 누구보다도 고귀하게 고난의 시대를 헤쳐 나갔던 명예로운 왕.

청렴하며 공정한, 의가 두터우며 정에 휩쓸리지 않는, 유일하게 한 번도 잘못을 범하지 않았던 무결점의 왕.

그 왕은 끝내 단 한 번도 '그' 를 나무라지 않았다. 원탁에서 쫓겨난 뒤의 '그' 와 칼날을 마주친 것도 다른 이들에게 본보기를 보여야만 했기에 어쩔 수 없이 선택한 행동이었으며, 왕 자신의 본의는 아니었다. 결코 용서받을 수 없는 배신을 저지른 '그'에게, 왕은 마지막까지 고결한 우정으로 응했던 것이다.

어떻게 원망할 수 있겠는가. 어떻게 미워할 수 있겠는가. 저렇게나 '올바른' 성군을.

그러나…. 그렇다면 '그'의 원통함은, 그 여자의 눈물은 대체 어디로 향하면 좋은 것인가?

죽은 뒤에도 남겨진 회한은, 시간의 흐름 끝에서 선별되어 시작도 없고 끝도 없는 장소에서 끝없이 '그'를 괴롭혔고… 이윽고 저편으로부터 부르는 하나의 기도를 듣는다.

오라, 미친 짐승이여, 라고.

오라, 집념의 원령이여, 라고. 시간의 끝에서 그를 부르는 목소리.

그 목소리가 일찍이 품었던 '그'의 소망을 불러 깨운다.

그렇다, 기사만 아니었더라면.

명예도 없고 이치도 없는 짐승이라면, 축생도로 떨어진 귀신이라면 어쩌면 이 원통함을 풀 수 있지 않을까.

그렇다, 광기야말로 구원의 요람이다.

짐승이라면 방황하지 않는다. 방황하지 않으면 괴로워하지 않는다. 아무런 기대도 받지 않고, 아무것도 부탁받지 않고, 그저 자신의 욕구대로 사지를 움직이는 짐승이 될 수 있었다면….

그 바람이 시간의 끝에서 전해진 기도와 맺어지는 인연이 되었고, 지금 '그'는 어디인지도 알 수 없는 이 전장에 있다.

이미 자신의 이름도 잊고 자신을 규제하는 맹세도 잊은 채, 그저 두 팔에 물든 살육의 기예를 마음껏 발휘하는 자신의 몸. 그것을 부끄러워할 긍지도 없다. 그것을 원통히 여기는 마음도 없다. 그것이 '버서커'라 불리는 지금의 '그'의 모습이다.

후회 따윈 있을 리 없다. 이 타락이야말로, 이 해탈이야말로 틀림없이 '그'가 바라 왔던 것이다.

구제할 길 없는 운명의 장난이 이렇게나 얄궂은 재회를 만들어 주었다고 한다면.

"…Ar…thur……."

입을 뚫고 나온 그 부름에서도, 이미 이름과 몸을 나타내는 의미 따윈 기억나지 않는다.

그래도 지금, 세찬 빗속에 무릎을 꿇은 백은의 검사야말로, 오랜 세월 동안 은혜와 원수를 쌓아 온 상대인 것만은 결코 착각하지 않는다.

저 고귀한 얼굴이, 희망과 기도를 기탁받은 반짝이는 모습이 지금 절망에 무릎을 꿇고 있다. 감춰졌던 인연의 진상과 어둠 속에 매장되었던 원한을 알고, 왕은 왕으로서의 자존을 잃고 비탄에 빠진다.

—그렇게나 내가 미웠던 것이냐, 친구여.—

그렇다. 이 모습을 보고 싶었다며 마음속으로 짐승이 운다. 마음속의 기사가 운다.

확실히 깨달아라. 예전에 네놈을 빛내기 위해 소비된 눈물을. 네놈을 위해 마음을 죽이고 마모되어 간 자들의 탄식을.

모든 속마음을 표출하기 위해 칠흑에 떨어진 기사는, 지금이야말로 원념의 검을 치켜든다.

—그렇게까지 할 정도로 나를 원망하는 거냐. 호수의 기사, 서sir 랜슬롯!—

그렇고말고. 아무렴, 그렇고말고.

그때, 기사가 아닌 남자로서.

충신이 아닌 인간으로서, 너를 증오하고 있었다면.

나는 그 여자를 구할 수 있었을지도 모른단 말이다!

— 03:54:28

코토미네 키레이에 대한 전술 면에서의 분석. 정보원은 두 번에 걸쳐 그와 교전했던 히사우 마이야.

장거리에서의 흑건 투척. 한 번 투척하는 것은 예비동작을 포함해서 0.3초 이하. 연속 투척은 0.7초 이내에 네 자루를 확인. 미확인 표적에 대해서도 지장 없이 공격함. 반영체半靈體인 도신은 철골을 꿰뚫는 위력. 적중률은 환술幻術이 없는 상태라면 100퍼센트.

근접전에서의 팔극권. 상세한 것은 알 수 없지만 달인의 영역. 나이프로 무장한 마이야를 일격에 중상으로 만듦. 촌경寸勁의 파괴력은 세 번의 타격으로 생나무를 부러뜨림. 극히 위험.

온몸을 덮은 사제복에 방탄가공, 거기에 주적呪的 방호처리. 9mm 군용탄으로는 관통 및 충격에 의한 제압효과 없음.

그 밖에 사전첩보의 성과. 토오사카 토키오미에 의한 마도교련 성과보고에 의하면, 코토미네 키레이의 마술 학습 및 숙련도는 견습 과정의 종반 정도. 눈에 띄는 적성은 영체치료뿐. 마술전투에서의 유효한 수단이 있다고 한다면, 그것은 타고난 전투기술에 육체기능 증폭, 즉 피지컬 인챈트를 걸었을 경우만이라고 추측됨.

마지막으로, 전략예측.

지금까지 자신이 가진 카드를 철저하게 감춰 왔던 에미야 키리츠구의 전술에 대해, 코토미네 키레이가 분석자료를 얻었다고 해도 그것은 소문이나 전문傳聞의 영역에 머무르고 있다고 봐도 좋다. 이번 성배전쟁에서 키리츠구가 '비장의 수단'을 구사한 것은 로드 엘멜로이와 싸웠을 때뿐이다. 그 시점에서는 아직 아인츠베른 성의 결계는 어새신의 잠입까지도 막아 낼 밀도를 갖추고 있었고, 거기에 키레이 본인도 그때는 마이야와 아이리스필과의 전투를 진행 중이었다. 결론적으로 키레이에게는 고유시제어와 기원탄에 대한 예비지식이 없으며, 그것에 대처할 준비된 수단도 없다고 판단된다.

…이상이 최종대결에 임하는 데에 에미야 키리츠구가 참조할 수 있는 모든 정보였다.

우선 양자의 첫 수는 흑건 대 총탄. 당연하지만 키레이가 압도적으로 불리하다. 하지만 무기의 차이를 뒤엎을 수 있는 믿음직한 마술을 갖추고 있다면, 키레이는 키리츠구의 총구를 두려워하지 않고 거리를 좁히려 할 것이다.

예상했던 대로 대행자는 여섯 자루의 흑건을 날개처럼 휘두르며 정면으로 키리츠구를 향해 돌진해 온다. 저것은 틀림없이 이쪽의 초탄을 막아 낼 대책이 있는 것이다.

그야말로 키리츠구가 노리던 바였다. 상대가 **대처하는 것**이야말로 필살필멸. 그것이 그의 예장인 컨텐더가 발하는 마탄魔彈이다.

선수필승을 확신하며 키리츠구는 조준한 컨텐더를 발포한다. 그 살의와 그 예비동작에서, 키레이는 탄도를 훤히 읽었을 것이다. 성당교회의 대행자, 인간의 형체를 한 수라修羅쯤 되면 판단 속도는 총탄의 그것조차 능가한다.

눈으로 보고 금세 알 수 있을 정도로 성대하게, 키레이는 마술을 발동시켰다.

양손에 쥔 흑건 전부가 단숨에 도신의 몇 배 굵기로 팽창한다. 원래부터 마력을 엮어 형성되어 있는 반실체의 도신에, 상식 밖의 마력을 담아서 '강화'한 것이다. 명백히 무기 자체의 허용량을 일탈한 폭발이나 다를 바 없는 마술행사이지만, 단 한 발의 총탄에 대처하는 것뿐이라면 충분하다. 키레이는 팽창한 여섯 자루의 검을 가슴 앞에 겹치며 부채꼴 모양으로 펼쳐서 .30-06 스프링필드 탄의 무시무시한 파괴력을 완전히 봉쇄해 냈다.

탄환이 장렬한 불꽃을 흩뿌리며 튕겨 나가고, 그 직후 지나친 마력의 충전을 견뎌 내지 못한 흑건이 전부 산산조각 난다.

그러나 도신으로 총탄을 막아 내는 그 절묘한 기술도 그 시점에서는 패착의 악수惡手였다. 마술각인조차 가지고 있지 않을 키레이가 예상 밖의 큰 기술을 억지로 행사한 것은 놀라웠지만, 그것은 보다 치명적인 피드백이 되어 키레이의 마술회로를 파괴하기에 이른다. 에미야 키리츠구의 '기원'에 접촉한 것으로, 키레이의 마력은 폭주해서 자신의 육체를 순식간에 사멸…시켰어야 했다.

산산조각 난 여섯 자루의 흑건의 파편 속에서 여전히 맹렬하게 달려오는 검은 사제복의 기세에, 키리츠구는 자기도 모르게 깜짝 놀랐다.

"Time alter—double accel(고유시 제어—2배속)!"

당황하기보다 먼저 척수반사처럼 주문을 외웠다.

아슬아슬하게 뒤로 뛰어서 피한 키리츠구의 코끝을, 키레이의 오른쪽 다리가 무시무시한 소리를 내며 스치고 지나간다. 이어서 날아온 왼쪽 다리도 키리츠구의 목을 베어 내는 데는 이르지 않았다. 키레이가 구사한 회심의 연환퇴連環腿가 허공을 가르는 데 그친 것은, 그저 키리츠구가 배속이동을 통해 간격을 속였기 때문이다.

그야말로 예상범위 밖이었다. 마총魔銃 컨텐더에 의한 '기원탄'의 불발. 그 이유를 키리츠구는 떠올리지 못했고, 키레이도 그 경악을 알지 못했다. 키레이로서도 설마 자신이 손에 넣은 마술의 특이성이, 우연히도 키리츠구가 구사하는 비장의 무기를 무효화하리라고는 상상도 하지 않았을 것이다.

애초에 정통 마술사가 아니라서 마술회로의 개발도 충분하지 않은 키레이는, 마술을 임시변통으로 행사하기 위해 리세이에게 얻은 예비 영주를 전용해서 마력원으로 삼고 있었던 것이다. 원래부터 일회용 소모품이라는 영주의 특성이 결과적으로 키레이를 구했다. 술법이 발동하고, 그것과 접촉한 기원탄이 효과를 발휘했을 때에는 이미 마력원인 영주가 키레이의 팔에서 소실된 뒤였던 것이다.

초탄으로 끝내 버리겠다는 계획이 완전히 틀어져 버린 키리츠구는, 어쨌든 다음 수로 넘어갈 수밖에 없게 되었다. 하지만 반격은 논외다. 헛발질로 끝났다고 해도 키레이가 날린 발차기의 파괴력은 일목요연했다. 권법가로서의 이 남자가 지닌 실력은 차원이 다르다. 근접전에 승산은 없다.

키리츠구는 뒤에 찾아올 '반동'의 대미지를 무시하고, 고유시 제어를 발동한 상태로 단숨에 키레이의 공격범위에서 이탈했다. 우선은 거리를 벌려야 한다. 흑건의 투척이라면 아직 대처할 방법도 있다. 이미 승패는 완전한 '거리 조절' 싸움이었다. 키리츠구는 물러서고 키레이는 다가간다. 쌍방에게 최선의 공격위치가 완전히 반대인 이상, 명암을 가르는 것은 서로의 각력이다.

고유시 제어에 의한 기동력이야말로 키리츠구의 생명줄이었다. 우선은 컨텐더의 탄환을 재장전할 틈이 필요하다. 그리고 상대의 주먹이 닿지 않는, 그러면서도 예측만으로 탄도를 피할 수 없을 만한 근거리에서 이번에야말로 확실히 처치한다. 설령 마탄으로서의 효과가 없더라도 대형 맹수도 처치할 수 있는 수렵

용 카트리지의 관통력이라면 마이야의 보고에 있던 방탄복이라도 막아 낼 수 없을 것이다. 고유시 제어의 연속행사가 자살행위라는 것을 알면서도, 지금은 다른 방책이 없었다.

그러나… 이 시점에서도 아직 키리츠구는 코토미네 키레이라는 남자의 위험성을 오판하고 있었다.

키레이의 발차기가 빗나간 것은 어디까지나 키리츠구의 동작 속도를 잘못 측정했기 때문에 거리 조절에 실수한 것일 뿐, 결코 키리츠구의 움직임이 포착할 수 없을 정도로 빨랐기 때문이 아니다. 배의 속도로 움직인다는 걸 알게 되면, 그렇게 생각하고 거리를 계산하기만 하면 된다.

때문에 키리츠구는 곧바로 두 번째 경악을 맛보게 되었다.

피아의 거리는 다섯 걸음 이상. 우선은 완벽한 안전지대라고 본 그 거리를, 장신의 대행자는 단 한 걸음에 좁히고 들었던 것이다. 아무런 발놀림도 보이지 않은 채로 지면을 활주해 낸 '활보活步' 보법. 그야말로 팔극권의 비문秘門이었다.

두려움을 느끼는 키리츠구의 곁으로 사제복을 입은 장신의 남자가 사신처럼 미끄러져 온다. 팔극권이 최대효과를 발휘하는 지근거리. 그 주먹은 팔방八方의 극원極遠에 달한 위력으로 적의 문을 활짝 연다….

내딛은 진각震脚이 콘크리트 바닥을 천둥처럼 울리고, 내뻗은 바위 같은 종권縱拳이 키리츠구의 가슴을 직격한다. 금강팔식,

충추의 일격. 마치 가슴 안에서 수류탄이 작렬한 것과 같은 파괴력이었다. 키리츠구의 몸은 지푸라기처럼 공중을 날고, 늘어서 있는 기둥 중 하나에 내동댕이쳐진다. 낙법 따윈 바랄 수도 없었다. 깨끗하게 작렬한 철권은 일격에 흉곽을 파괴하고, 폐와 심장을 한꺼번에 다진 고깃덩이로 바꿔 놓고 있었던 것이다.

단단히 쥔 주먹 끝에 확실한 죽음의 반응을 느끼면서, 키레이는 천천히 숨을 내쉬며 잔심殘心의 자세를 취한다. 생사를 건 일발천균一髮千鈞의 승부도 결정 날 때에는 찰나에 승패가 갈린다. 허무하다고 하자면 너무나도 허무하다. 이 결말을 미칠 듯이 갈구하며 바라고 있었을 터인데.

탈력감이 키레이의 주의력을 무뎌지게 했다. 설마 그 틈을 정확히 노린 기습이 있을 것이라고는 생각도 하지 못하고, 다음에 경악을 맛보는 것이 자기 차례가 될 것이라고는 티끌만큼도 의심치 않고.

미간에 격통. 뿜어져 나오는 심홍이 시야를 덮는다.

무슨 일이 일어났는지 이해하기보다 먼저, 총성을 인식한 두 팔이 머리를 방어한다. 그곳에 용서 없이 퍼붓는 9mm 탄의 비. 케블라 섬유와 방호주부呪符를 겹친 두 소매가 가까스로 총탄을 막긴 했지만 지근탄에 의한 뇌진탕, 그리고 무엇보다 **시체가 총격을 가했다**는 놀라움이 키레이의 반응을 늦어지게 만들었다.

키리츠구로서도 자신의 **소생**은 예상 밖이었다. 키레이가 가까이 파고든 시점에서 즉사를 피할 수 없다고 단념했고, 실제로 그의 심폐기능은 완전히 파괴되어 단말마의 경련을 남길 뿐이었던 것이다.

그러나 혈류가 두절된 뇌가 산소결핍으로 사망에 이르기까지의 몇 초 사이에, 어찌할 도리가 없었을 치명상이 완전재생을 이루고 있었다. 물론 키리츠구 자신이 행사한 치유마술 따위가 아니다. 그 기적에, 키리츠구는 놀랐지만 의문을 품지는 않았다. 무슨 일이 일어난 것인지 즉시 판단했기 때문이다.

보구 '모든 것에서 먼 이상향—아발론'. 아하트 옹으로부터 세이버를 소환하기 위한 성유물로 받은 이래, 아이리스필의 육체를 보호해 왔던 성검의 칼집. 노화조차 막는 절대적인 치유능력을 갖춘 그것을, 키리츠구는 아내와 헤어질 때에 맡아 두고 있었던 것이다. 세이버의 정규 마스터인 키리츠구의 체내에 봉인된 것으로, '칼집'은 계약의 패스를 통해 세이버로부터의 마력을 공급받아 지금 그야말로 완벽한 효과를 발휘하고 있었다.

그 기능을 알고는 있었지만 실제로 확인한 적이 없었던 키리츠구는, 설마 즉사나 마찬가지인 대미지조차 수복할 수 있다고는 예상하지 못했기 때문에, 이 상황은 그에게도 뜻밖의 전개였다. 오히려 소생을 자각한 직후에 키레이를 농락할 전략을 떠올린 키리츠구의 사고야말로 경탄할 만한 것이라 할 수 있을 것이다. 그는 눈을 뜨는 것도, 호흡을 재개하며 기침을 하는 것도 참고 시체인 척하며 기습의 찬스를 엿보고 있었던 것이다.

아쉬운 것은 오른손의 컨텐더가 재장전을 요하는 상태였다는 점이다. 완벽한 기습을 하려면 품 안의 홀스터에 넣어 두었던 캘리코 단기관총을 왼손으로 퀵 드로quick-draw해 구사하는 수밖에 없었다. 게다가 키레이의 방탄대책이 완벽한 이상, 노릴 곳은 머리밖에 없다.

무리한 자세, 감에 의존한 곡예적인 사격, 그리고 작은 표적이라는 삼중고가 사격의 명수인 키리츠구에게 필살을 놓치게 했다. 탄환은 명중하기는 했어도 키레이의 정수리를 관통하지 못하고 이마의 살갗을 도려내는 데 그쳤다. 두개골은 곡면으로 이루어져 있기 때문에 총탄이 빗맞는 경우가 간혹 있다. 실전 사격에서 헤드샷이 기피되는 이유다.

처치하지 못했다는 걸 깨달은 시점에서, 키리츠구는 캘리코의 셀렉터를 전자동으로 전환하고 곧바로 제압사격으로 키레이의 움직임을 봉쇄했다. 동시에 오른손의 손가락은 컨텐더의 스풀을 당기고 총신을 내려서 빈 약협을 배출하고 있었다. 야생마처럼 미쳐 날뛰는 단기관총의 반동을 왼손 하나로 제어하는 것만도 어렵기 짝이 없는 일인데, 그 와중에 키리츠구의 오른손은 다른 작업을 전혀 막힘없이 수행할 수 있었다. 그야말로 자신을 전투기계로 단련했기에 가능한 기술이다.

거기에 더해서 정신은 마치 좌우 어느 쪽의 팔과도 다른 계통의 회로라는 듯이, 극한의 집중력으로 비책의 주문을 영창한다.

"Time alter-double accel(고유시 제어-2배속)!"

변혁되는 체내 시간. 강적으로부터 훔친 약간의 틈을 최대한으로 활용하기 위해, 순리를 비틀고 뼈와 살을 깎아 낸다.

가속에 불타오르는 팔다리를 이용해서 바닥에서 튕겨나듯 일어나고, 뒤이어 백스텝으로 거리를 벌린다. 캘리코의 탄이 바닥났다. 키레이가 자세를 다시 잡는다. 캘리코를 버리고 빈 왼손에 .30-06 탄을 쥔다. 다가오는 키레이. 무시무시한 속도. 열려 있는 컨텐더의 약실에 다음 탄을 장전. 약실폐쇄. 조준.

키레이가 주먹을 날리기까지 아직 세 걸음 남짓.

다시 노호하는 컨텐더. 키레이는 제때 피할 수 없다. 흑건을 뽑을 여유도 없다.

원래부터 키레이에게는 피할 생각이 없었다.

보법을 구사해 키리츠구를 바싹 따라가면서, 키레이 역시 영주를 발동시키고 있었다. 신체기능 강화다. 반사의 가속, 오른손 굴근, 요골근, 회내근의 순발력 증폭. 방탄 사제복 소매의 강화까지는 때에 맞출 수 없다. 나머지는 몸에 익힌 쿵푸에 맡길 뿐이다.

컨텐더의 격발에 앞서, 키레이도 역시 오른팔을 휘둘렀다. 마장魔裝의 흉기로 변한 팔꿈치치기가 나선을 그리며 회오리를 일으킬 듯한 기세로 으르렁거린다.

모 아니면 도의 '전纏' 의 화경化勁이었다. 원래대로라면 적의 주먹을 휘감아서 받아 흘리기 위한 방어기술을, 영주 두 획 분량의 마력을 쏟아부어 엄청난 속도로 구사한 것이다.

초속 매초 2500피트의 탄환을, 신속으로 번뜩인 팔이 포박한다. 하지만 여전히 케블라 섬유의 소매를 불태워 찢으면서도 직진하는 .30-06 탄은, 경화한 팔과 맞부딪치며 그라인더 같은 괴음을 발한다.

흩뿌려지는 불꽃은 그야말로 물리법칙의 단말마였다. 그리고 끝내 약 3000풋파운드에 달하는 운동에너지는 마도의 초현실적 현상에 굴복했다. 탄도가 비틀려 엉뚱한 방향으로 날아간 컨텐더의 제2탄에 키리츠구는 등골이 오싹해졌다.

괴물. 이미 그렇게 형용할 수밖에 없다. 지금의 코토미네 키레이의 전투능력은 단신으로 사도死徒에 필적할 수 있지 않을까. 대체 어떠한 집념이 인간의 육체를 이 정도의 흉기로 연마하게 만든 것일까.

갑자기 습격하는 격통에 키리츠구는 신음하며 비틀거렸다. 연속해서 수정된 체내 시간의 흐름이, 드디어 외계外界로부터 수정을 당한 것이다. 온몸의 이곳저곳에서 혈관이 터지고, 본래 있을 수 없는 부하에 노출되어 온 사지의 뼈에 차례차례 균열이 생긴다.

하지만 키레이 쪽도 그런 키리츠구의 빈틈을 파고들지 않고,

상대가 어떻게 나오는지 살피듯 움직임을 멈추고 있었다. 찢겨진 사제복의 오른팔에서는 심한 출혈로 피가 뚝뚝 떨어지고 있다. 술법 구사가 미숙한 상태로 과도한 마력을 행사한 탓이리라. 컨텐더의 일격을 받아넘긴 대가로서, 한도를 넘은 강화마술에 노출된 오른팔은 심대한 대미지를 입고 있었다.

두 사람은 서로 다음 한 수를 걸 타이밍을 노리며 싸움의 향방을 추측한다.

키레이가 분석하는 키리츠구가 지닌 카드. 행동을 가속하는 어떠한 마술, 거기에 심장을 파괴당해도 곧바로 재생할 정도의 회복력. 그렇다면 설령 치명상을 노릴 수 있는 급소라도 어설픈 공격은 효과가 없다고 판단할 수밖에 없다. 뇌를 순식간에 파괴할 정도의 일격이 아니고서는 끝장낼 수 없다. 그리고 그에 대응하는 자신의 피해…. 오른팔은 힘줄부터 뼈까지 파손되었다. 주먹이 부서질 각오로 휘두른다고 해도 일격이 한도다. 또한 이마의 열상은 경미하지만 흐르는 피로 왼쪽 눈이 봉인되었다. 계속된 충격으로 사제복의 방탄성은 상당히 줄어들었지만 안감에 붙은 방호주부는 아직 건재하다. 남아 있는 흑건은 열두 자루. 남은 예비 영주는 8획.

키리츠구가 분석한 키레이가 지닌 카드. 기원탄을 무효화하면서 발휘할 수 있는 불가사의한 마력행사. 오의의 극에 달한 팔극권. 근접전투에서는 이쪽이 압도적으로 불리. 그리고 그에 대응하는 자신의 피해…. 캘리코 상실. 장전을 요하는 컨텐더. 남은 무장은 나이프 한 자루와 수류탄 두 개. 첫 공격으로 입은 가슴의 상처는 아무래도 행동에 지장이 없을 수준으로 치유되어 있지만, 고유시 제어에 의한 대미지는….

팔다리의 힘줄을 시험해 보려고 힘을 준 순간, 키리츠구는 간신히 위화감을 깨닫는다.

움직인다. 완벽하게 움직인다. 조금 전에 확실히 박살 났을 뼈가 비명 한 번 지르지 않는다. 마치 아무런 손상도 없는 것처럼…. 아니, 단순한 통증의 잔재가 있을 뿐이지, 대미지는 **전혀 없다**.

'…그렇군.'

자신이 체내에 감춘 비장의 카드의 진가를, 지금 와서 키리츠구는 이해했다. 아무래도 '모든 것에서 먼 이상향—아발론'의 치유능력은 적으로부터의 공격뿐만 아니라 스스로 입힌 상처에 대해서도 효과가 있는 듯하다. 이 발견은 격이 다른 강적과의 대치로 궁지에 몰린 키리츠구에게 최대의 활로가 될 수 있다.

즉….

"Time alter-triple accel(고유시 제어-3배속)!"

금단의 주언呪言을 자아냄과 동시에, 키리츠구는 과감하게 키레이를 향해 달려들었다. 예상의 영역을 아득히 넘은 가속에, 키레이는 대처하는 데 실수를 저질렀다. 해머처럼 휘둘린 컨텐더의 총대를, 깜빡 상처 입은 오른팔로 방어해 버린 것이다. 딱딱한 호두나무의 일격은 요골과 척골을 한꺼번에 분쇄하고, 이번에야말로 완전히 키레이의 오른팔을 봉쇄했다.

오른팔로 타격을 가하려는 것과 동시에 키리츠구의 왼손은 허리의 칼집에서 서바이벌 나이프를 빼들고 있었다. 아무리 키레이의 권법이 위협적이라도, 3배속으로 몰아치면 승기가 있을 거라고 짐작했던 것이다. 원래대로라면 자살행위나 다를 바 없는 고유시 제어의 남용이지만, 세이버의 칼집에 보호받고 있는 지금, 이 방법은 전술로서 충분히 유효하다.

칼집에서 뽑아 들면서 날린 찌르기는 빗나갔다. 그 뒤에 내리친 참격과 그 반대 방향으로 칼을 되돌리며 구사한 가로베기는 왼팔에 막혔다. 그러나 이 세 번의 공방 중에 키리츠구는 키레이의 왼쪽 바깥으로 자리할 수 있었다. 왼쪽 눈의 시야를 잃은 키레이를 노린 책략이다. 왼쪽으로 돌아 들어가는 한, 키리츠구는 상대의 사각에서 마음껏 공격할 수 있다.

육박하는 키리츠구의 칼날에, 그러나 키레이는 그 자세 그대로, 전부 좌반신만으로 대응했다. 어쨌든 몸을 돌리는 것에는 의미가 없다. 부러진 오른팔로는 키리츠구의 나이프를 막아 낼 수 없다. 키레이는 사각에서 공격당하는 불리함을 어쩔 수 없다고 판단하고 몸의 왼편으로 싸울 수밖에 없었다.

연이어 번뜩이는 나이프의 연속 공격. 이미 보통 사람의 눈으로는 인식할 수도 없는, 번개 같은 잔상만이 보이는 그것을 키레이는 왼손으로 막아 내고 받아넘겼다. 3배속의 스피드조차 끈질기게 대처하는 키레이의 실력에 키리츠구는 전율했다. 그중 몇 번은 명백히 시야 바깥에서 베어 들었는데도 대행자의 왼팔은 마치 보인다는 듯이 확실하게 키리츠구의 나이프를 막아 냈다.

'그렇다는 것은… '청경聽勁'?!'

키리츠구도 들은 기억은 있었다. 쿵푸도 달인의 영역에 이르면 시각으로 적을 포착하는 것이 아니라, 팔과 팔이 닿은 찰나에 상대의 다음 동작을 읽어 낼 수 있다고 한다.

그렇다면 사각을 공략해 봤자 의미가 없다. 공격을 계속 블록당하고 있는 한, 키레이는 눈이 보이는 것이나 마찬가지다. 이 남자가 단련해 온 쿵푸는 이미 속도의 우위만으로 뒤엎을 수 없는 것일까.

나이프를 휘두르는 일격마다 팔이, 다리가, 심장이, 맹렬한 아픔에 비명을 지른다. 고유시 제어의 '반동'이 가차 없이 키리츠구의 육체를 붕괴시키고, 그것과 동시에 '모든 것에서 먼 이상향—아발론'이 손괴를 수복해 간다. 세이버 본인이 사용하면 모를까, 키리츠구의 체내에서 '칼집'이 발휘할 수 있는 것은 어디까지나 치유효과뿐이고 '입은 대미지' 자체를 무효화해 주지는 않는다. 살이 찢어지고 뼈가 부서지는 격통은 끊임없이 연속해서 키리츠구의 신경을 유린한다.

그렇지만 키리츠구는 주저하지 않는다. 그럴 필요가 없다. 몸이 기능을 계속 유지할 수 있다면, 무엇을 느끼든 문제가 아니다. 성검의 칼집이 발휘하는 효과에 모든 것을 맡기고, 키리츠구는 계속해서 외부의 시간을 배신하며 자신을 가속시킨다.

"흐아아아아압!"

죽음과 소생을 반복하고 그 아픔에 절규하면서도, 키리츠구는 눈앞의 적만을 응시하면서 나이프를 휘두른다. 찢어졌다가 아무는 혈관이 일거수일투족마다 핏방울을 안개처럼 흩뿌린다.

문득 키레이가 발을 바꿔 디디며 왼쪽을 앞으로 내민 자세를 반전시켰다. 드디어 청경의 한계인가 하고 생각하자마자, 그 다리가 안쪽에서 키리츠구가 내민 쪽 다리에 달라붙는다. 화려한 '쇄보鎖步'의 발놀림에 의해 키리츠구는 그대로 자세를 무너뜨렸다. 넘어지지 않으려고 버티면 틀림없이 키레이의 카운터가 날아온다. 그러나 뒤로 젖혀진 중심은 이미 되돌릴 수 없다.

그렇다면…. 토혈이 달라붙은 목구멍 안에서 키리츠구는 새로운 영창을 발한다.

"Time alter—square accel(고유시 제어—4배속)!"

격통의 작렬에 의식이 끓어오른다. 몸이 땅을 차고 튕겨 오르는 순간 키리츠구는 몸을 크게 뒤로 젖혔다. 그대로 공중에서 뒤로 돌아 키레이의 공격 범위를 벗어나면서, 혼신의 힘으로 오른손에 든 나이프를 투척한다. 예상치 못한 거듭된 가속에, 키레이는 청경으로도 날아오는 나이프를 피하지 못했다. 으르렁거리는 소리와 함께 날아간 칼끝은 키레이의 대퇴부에 직격하고, 케블라 섬유를 찢으며 깊숙이 살을 도려낸다.

키리츠구는 4배 가속을 유지한 채로, 스크루처럼 맹렬하게 거꾸로 뒤돌기를 반복하며 한순간에 10미터 남짓한 거리까지 이탈했다. 키레이는 놓치지 않겠다며 뽑아 든 흑건을 던졌지만, 키리츠구는 그것을 어렵지 않게 피하면서 컨텐더의 재장전을 개시한다.

스풀을 당긴다. 총신을 떨어뜨린다.

키레이가 달려온다. 오른쪽 다리에 박혀 있는 나이프를 개의치 않고, 칼날이 상처를 더더욱 도려내고 있음에도 주저하지 않고.

튕겨져 나온 빈 약협이 공중을 난다. 황동의 광채가 눈에 새겨진다.

키레이의 왼손이 흑건을 뽑았다. 전부 네 자루. 한 손으로 다룰 수 있는 한계 숫자.

새로운 탄환을 약실로. 매끄럽게 미끄러져 들어가는 그 속도조차, 4배로 가속된 시간 속에서는 답답하게 느껴진다.

키레이가 흑건을 던졌다. 정면이 아닌 위로, 대도구 창고의 높은 천장 아래에서 부메랑처럼 선회하며 공중을 나는 네 자루의 칼날. 흑건 본래의 용도가 아니다. 의도는 불명. 이미 추측할 시간조차 없다.

총신을 휘둘러 올려 약실을 폐쇄. 다시 맹렬무비한 흉기의 역할을 되찾은 컨텐더.

육박하는 키레이. 비문의 보법이라면 다시 키리츠구를 포착할 수 있는 거리. 그러나 거기까지다. 지금의 키리츠구라면 다시 한 번 몸을 날려서 키레이의 접근을 피하며 총격을 날릴 수 있다.

그 순간 머리 위에서 흑건의 칼날이 낙하한다. 그 포물선이 새장처럼 자신의 좌우와 등 뒤를 둘러싸고 있음을 깨닫고, 간신히 키리츠구는 키레이의 책략을 깨닫는다.

움직임이 **봉쇄당했다**. 키레이의 돌진을 피하려 한다면, 그 앞에는 흑건의 칼날이 기다리고 있다. 키레이는 처음부터 키리츠구의 움직임을 봉쇄할 의도로 흑건을 던졌던 것이다.

활로는 유일하다. 맞기 전에 쏘는 것뿐이다.

키리츠구가 컨텐더를 조준한다. 초조함은 없다. 두려움도 없다. 그저 눈앞의 적을 쏴 맞추겠다는 일념뿐이다.

키레이가 오른쪽 다리로 바닥을 차서 도약한다. 한 걸음으로 다섯 걸음을 뛰는 전질보箭疾步. 착지와 동시에 왼쪽 다리는 부서지겠지만 문제없다. 다음 일격으로 승부를 결정짓는다. 그저 용서 없는 혼신의 진각만을 내딛겠다는 각오였다. 노리는 것은 팔대초 · 입지통천포. 턱 아래에서 쳐올리는 일격은 이번에야말로 상대의 두개골을 박살 낼 것이다.

잡았다. 쌍방이 함께 확신한다.

당했다. 쌍방이 동시에 이해한다.

서로에게 필살이 약속된 주먹과 총신이 지금 최후의 교차를 이룬다.

생사의 갈림길에 있던 에미야 키리츠구와 코토미네 키레이가 위층에서 벌어진 이변을 깨달을 수 있을 리 없었다.

그들이 있던 대도구 창고의 바로 위, 콘서트홀의 무대. 그곳에 싸늘히 식은 채로 안치되어 있던 아이리스필의 유체.

'수호자' 인 그녀가 생명활동을 정지함으로써, 체내의 장기는 재빨리 성배의 그릇으로서의 형태를 되찾고서 남은 서번트의 혼이 회수되길 기다리고 있었다.

그 그릇이, 아처의 승리에 의해 드디어 네 번째 서번트의 혼을 빨아들였다.

이미 봉인의 술식은 없다. 막대한 마력의 집적은 그 여파만으로 주위에 작열을 초래했다.

아름다운 호문쿨루스의 주검이 순식간에 연소되어 재로 돌아간다. 드디어 바깥 공기에 닿은 황금의 잔은, 바닥과 무대의 막을 태우며 화염의 소용돌이로 아무도 없는 무대를 석권한다.

순식간에 불길에 휩싸인 무대 위에서, 황금의 그릇은 마치 보이지 않는 손에 들려진 것처럼 공중에 떠올라 있었다. 드디어

'시작의 세 가문' 이 비원하던 성배강림의 의식이, 사제조차 없는 채로 남몰래 개시되었던 것이다.

그리고… 아직 닫혀 있었을 '문' 에 아주 약간, 머리카락 정도 두께의 실금 같은 틈이 생겼다. 그 미세한 틈새를 통해, '문' 의 저편에서 물결치는 **존재**가 그릇 안으로 배어 나온다.

그것은 그저 '진흙' 이라고밖에 형용할 수 없었다. 검은, 그저 아주 시커먼 진흙 같은 '뭔가' 였다.

배어 나온 진흙이 한 방울 떨어진다. 한 방울 뒤에 한줄기가 흘러내린다. 그 뒤에는 균열로 인해 제방이 무너져 가는 듯한 모습이었다. 세차게 흐르는 검은 진흙은 잠깐 사이에 그릇 안에서 넘쳐흐르며 무대의 바닥으로 쏟아졌다.

바닥판은 그 시커먼 **존재**를 받아 낼 수 있을 만큼 튼튼하지 않았다. 진흙은 새로 건축된 무대를 침식하고 좀먹으며 함박눈을 녹이는 비처럼 깊게 깊게 흘러들어 갔다.

마총의 방아쇠를 당긴 그 순간….

진각으로 바닥을 울린 그 순간….

키리츠구는 키레이밖에 보지 않았다. 키레이는 키리츠구밖에 보지 않았다.

양자는 둘 다 마지막까지, 천장에 천천히 구멍이 뚫리고 위층에서 흘러내린 **존재**를 깨닫지 못했다.

생과 사가 스쳐 지나가는 그 찰나. 두 남자는 동시에, 머리 위에서 쏟아지는 검은 진흙을 온몸 가득히 뒤집어썼다.

－03:52:18

지금 와서는 아픔만이 인식할 수 있는 것의 전부였다.

마토 카리야라는 인간이 아픔을 느끼고 있는지, 아니면 아픔이라는 개념에 카리야라는 쓰레기가 부착되어 있는 것인지 그 구별조차 명확하지 않았다. 어느 쪽이라도 상관없다는 기분이 들었다.

뭐가 어떻게 아픈지, 대체 어째서 이런 고통을 맛보고 있는지, 그런 인과조차 확실치 않다.

호흡이 아프다. 심박이 아프다. 생각하는 것이 아프다. 무언가를 떠올리는 것이 아프다.

도망칠 곳은 없었다. 견딜 방법도 없었다. 예전에는 있었던 것 같은 기분이 들지만, 잃어버렸다. 스스로 포기해 버렸는지도 모른다.

몸 안에서 벌레가 울부짖는다. 벌레들이 괴로움에 몸을 뒤튼다. 그를 괴롭히고 있던 원흉이었을 존재들까지도 단말마의 경련을 하고 있다.

버서커. 분명 그 검은 원령 때문일 것이다. 지금 버서커는 싸우고 있다. 마스터가 제공할 수 있는 마력량을 아득히 뛰어넘어 폭주하고 있다. 벌레들은 정제할 수 있는 한도를 넘어선 마력이

빨려 나가자 기절하고 고통에 몸부림치는 것으로, 카리야의 내장을 비틀며 헤집고 있다.

그러나 그것은 어쩔 수 없는 일이다. 그럴 수밖에 없다.

버서커는 싸워야만 한다. 그렇다고 그 신부가 말했다. 누구였는지 이미 이름도 잊어버렸지만, 어쨌든 약속해 주었다. 카리야에게 성배를 주겠다고. 그러니까 계속 싸워야만 한다고.

성배…. 지금은 이미 그것만이 카리야 안에서 의미를 갖는 전부였다.

성배만 얻을 수 있으면 싸움은 끝난다. 성배만 있으면 사쿠라를 구할 수 있다.

그것을 위해서 오늘까지 견뎌 왔다. 오랫동안 아픔에 견뎌 왔다.

그 밖에도 뭔가 있었던 것 같은 기분이 들지만, 기억해 내려고 하면 너무나도 아프다. 분명히 생각해서는 안 되는 이유가 있을 것이다.

여기가 어디인지도 잘 모르겠다. 차가운 어둠 속에 있었을 텐데, 지금은 이상하게 뜨겁고 숨이 답답하다. 뭔가가 타는 듯한 냄새가 난다. 그것은 어쩌면 자신의 몸일지도 모르지만, 아무래도 상관없다. 어차피 이미 몸 같은 건 움직이지 않는다. 지금 중요한 일은 버서커가 싸우는 것이다. 그리고 사쿠라를 구하는 것이다.

사쿠라…. 아아, 다시 한 번 만나고 싶다. 그 아이의 얼굴이 보고 싶다.

하지만 린은 안 된다. 그 아이와는 만날 수 없다. 이제 두 번 다시 얼굴을 마주할 수 없다. 어라, 어째서지?

생각하는 것만으로 아픔이 덮쳐 온다. 뇌가, 의식이, 혼이 삐걱댄다.

뭔가가 이상하다. 어딘가에서, 치명적일 정도로 중요한 것이 붕괴돼 버렸다. 파탄 나 있다.

그런 위화감에 사로잡히는 것도 잠시. 카리야의 사고는 또다시 끊이지 않는 고통의 소용돌이에 삼켜져 간다.

아프다….

한없이, 그저 아프다. 괴롭다….

벌써 몇 번을, 튕겨 나가며 공중에 떠올랐을까.

벌써 몇 번을, 무참히 바닥에 내동댕이쳐졌을까.

세이버는 이미 세는 것을 그만두었다. 이미 기억조차 없었다.

가장 우수한 검의 서번트라는 소리를 누가 주제넘게 떠들어댔을까. 지금의 그녀는 거친 파도에 농락당하는 조각배나 마찬가지였다. 버서커가 휘두르는 칠흑의 검에 그저 어찌할 도리도 없이 두들겨 맞고 쓰러지기만을 반복하고 있다. 반격 한 번 할 수 없었다. 도전할 생각조차 들지 않았다. 절망에 빠진 그녀의 가슴에는 이미 한 조각의 전의조차 남아 있지 않았다. 한때 용의 화신이라고까지 불리던 기사왕의 용맹한 모습과는 거리가 먼, 그것은 너무나도 무참하고 딱한 모습이었다.

아이리스필을 구했어야 했다. 함께 성배를 얻자고 맹세했다. 여기서 무릎을 꿇어서는 안 된다는 건 충분히 알고 있을 터였다.

그렇지만 이길 수 없다. 저 남자에게는, 저 검에는 결코 승리할 방법이 없다.

'훼손되지 않는 호수의 빛—아론다이트'. 아서 왕의 '약속된 승리의 검—엑스칼리버'와 한 쌍을 이루는, 인류가 정령으로부터 위임받은 지고의 보검.

그것이 칠흑으로 물들어 있다. 원한의 마력에 뒤덮인, 광전사의 검으로 타락해 있다.

그 남자야말로 보기 드문 인덕과 무쌍의 무예를 겸비한 '완벽한 기사'였다. 기사도의 준엄한 봉우리에 피어난 꽃. 그 모습, 그 존재방식은 같은 길을 지향하는 모든 이들의 보물이었다.

그자가 광란에 몸을 맡기고 있다. 붉은 두 눈동자에 증오를 끓어오르게 하고, 짐승처럼 울부짖으면서.

네놈이 밉다, 라고.

네놈을 저주한다, 라고.

그대로 드러난 감정을 담아 휘두르는 저 검을, 어떻게 피할 수 있을까.

똑바로 볼 수 없었다. 눈물에 눈이 흐려지고 실의에 다리가 풀렸다. 최소한 치명상을 피하자며 칼날에 베이기 직전에 몸을 방어하는 것만이, 지금의 세이버에게는 최선이었다.

서 랜슬롯. 호수의 기사.

생각해 보면 그 진명을 간파할 단서는 도처에 있었다.

친구의 명예를 위해 이름을 숨기고 마상시합에 나가려고 분장해서 모습을 속인 일화. 함정에 빠져서 무기를 빼앗기고 맨손인 상태에서 적의 공격을 받았을 때도, 버드나무 가지를 쥐고 싸워서 승리했던 무궁한 무예.

하지만 설령 눈치를 챘다고 해도 세이버는 완강한 태도로 인정하지 않았을 것이다. 모두가 예찬하고 동경했던 그 남자가 버서커라는 클래스로 떨어질 수 있다니, 설마 '호수의 기사'가 그 적성을 갖추고 있었을 줄이야.

친구라고 믿고 있었다. 설령 어쩔 수 없는 경위로 칼날을 맞부딪치기에 이르렀다고 해도 마음만은 통하고 있다고 생각하고 있었다. 한쪽은 기사도의 체현자인 신하이며, 다른 한쪽은 기사도의 수호자인 왕이었다.

하지만 그런 인연은, 그녀 한 사람의 달콤한 환상에 지나지 않았던 것일까.

그는 용서하지 않았다. 받아들이지 않았다. 그 결말을, 그 비운을 죽어서도 여전히 원망하고 있었던 것이다.

랜슬롯과 귀네비어의 사랑. 그 어쩔 수 없는 불의를, 그러나 알트리아는 배신으로 간주하지 않았다. 모든 것은 왕이 성별을 속인 것 때문에 생겨난 일이다. 귀네비어는 그 모순을 평생에 걸쳐 계속 짊어져야만 했다.

그 희생의 무게를 알트리아는 이해하고 있었고, 감사하고 있었다. 부담으로 느끼고 있기도 했다. 오히려 상대가 랜슬롯이었던 것에 안도감을 품을 정도였다. 왕과 이상을 공유하는 그 남자라면, 국체國體를 위기에 노출시키지 않고 책임을 나눠 가져 줄 것이라고 믿었다. 실제로 그는 그렇게 해 주었다. 정도를 벗어나지 않고 고뇌에 가슴을 태우면서도, 남몰래 귀네비어를 지탱하고 왕도 떠받쳐 주었다.

그것이 추문으로 폭로되어 두 사람이 헤어질 수밖에 없게 된 것도, 카멜롯을 적대하는 역도들의 계획이 있었기 때문이다. 랜슬롯은 사랑하는 여자를 죽게 내버려 둘 수 없었고, 알트리아는 왕의 책무로서 그것을 단죄할 수밖에 없게 되었다.

아무도 잘못된 판단을 하지 않았다. 모두가 올바른 판단을 하고자 했기에 생겨난 비극이었다.

그렇게 생각했기에 알트리아는 마지막까지 '왕'으로서 가슴을 펴고 싸웠던 것이다.

그리고 끝내 그 언덕 위에 홀로 남겨진 채 피에 물든 전장을 바라보았을 때도, 그 결과에 수긍하지 못하고 불합리하다며 하늘을 향해 물을 수 있었다.

올바른 길을 관철하고도 올바른 결말에 이르지 못했다면, 문제가 있는 것은 하늘의 운이라고.

그렇다면 원망기의 기적만 있다면, 그 운명은 뒤집을 수 있다고.

그렇게 믿었기에 긍지를 관철했다. 그렇게 믿었기에 싸울 수 있었다.

그렇지만.

"━━━━━━━웃!!"

질리지 않고 계속 후려치는 '훼손되지 않는 호수의 빛—아론다이트'의 맹공에, 세이버의 성검이 삐걱댄다. 승리를 약속받았을 빛의 검은, 그러나 전의를 잃은 주인의 손안에서 그 의의를 완전히 잃고 있었다. 어떤 반격도 하지 못하고 방어에만 급급한 세이버를, 계속해서 가차 없이 몰아붙이는 버서커. 그의 기사로서의 본심을 해방해 명검을 뽑아 든 지금, 그 기술의 매서움과 위력은 이전에 비할 바가 아니다. 혹시라도 세이버가 완벽한 상태였다 해도 과연 그 검에 대등하게 맞설 수 있었을까.

그러나 상대의 검의 맹위에 삐걱대고 저리는 팔다리의 아픔도, 지금 세이버의 안중에는 없다. 그런 것보다 훨씬 강하게 느껴질 정도로 무참하고 인정사정없는 타격이 그녀의 마음을 부숴버리려 하고 있다.

아아, 친구여…. 이것이 너의 본심인가?

그렇게까지 운명에 절망하고 있었나? 그것을 초래한 왕을, 그 국체를 증오하고 저주하고 있었다는 건가?

같은 이상을 품고 있었을 것이다. 함께 나라를 구하자고 신명을 바쳤다.

그 뜻에 차이가 없었다면, 어째서 이런 증오가, 후회가 남는가.

—구하기만 할 뿐 이끌지 않았다.—

아니다. 아니라고 말해 줬으면 한다.

랜슬롯, 너만큼은 이해해 주기를 바랐다. 너야말로 이상적인 기사였으니까.

나의 행동방식이 옳다고, 다른 방법은 없었다고 수긍해 주기를 원했다….

—길을 잃은 신하를 버려두고, 자기만이 성자이고자 했다.—

"그만둬!"

으르렁거리는 검은 검에 무너져 가는 의지로 저항하면서, 세이버는 온 힘을 다해 소리쳤다.

"…그만둬…. 부탁이다…."

오열하며 떠는 무릎이 바닥에 떨어진다.

더 이상 움직일 수 없다. 한계였다. 다음 일격은 방어조차 할 수 없다.

어쩌면 구원은 그곳에만 있는지도 모른다.

그렇게나 원통하고 한탄스러웠다면, 휘둘린 그 칼날을 받아내고 피를 흩뿌리는 것밖에 속죄할 방법은 없을지도 모른다.

그런 망연자실과 체념을 하마터면 세이버가 받아들일 뻔한 그 때, 갑자기 버서커가 움직임을 멈췄다.

세이버도, 그리고 버서커도 예상치 못한 일이었다. 수십 초 전, 지하주차장에 인접한 기계실에 잠복해 있던 마토 카리야의 체내에서 끝내 각인충이 그 기능을 정지했던 것이다. 안 그래도 광화한 서번트의 현계를 유지하기 위해 카리야로부터 한계치에서 아슬아슬하게 빨아내고 있던 마력량이, 최종보구의 해방에 따라 배로 늘었고 끝내 과중한 부담에 의해 각인충을 압살했던 것이다.

그리고 원래대로라면 마스터가 없더라도 수 시간은 현계를 유지할 수 있었을 예비마력을, 폭주상태였던 버서커는 약 10초 남짓한 사이에 다 써 버리고 말았다. 그 순간까지 그를 살육기계로 구동시키고 있던 마력이 갑자기 고갈된 탓에, 버서커는 마치 고장이라도 난 것처럼 급정지할 수밖에 없었다.

아무런 전조도 없이 찾아온 정적 속에서, 세이버는 잦아드는 버서커의 심장의 고동을 또렷하게 그 손으로 느끼고 있었다. 쥐고 있는 칼자루 너머로, 검은 갑옷을 등까지 깊숙이 관통한 애검의 칼날을 통해서.

너무나도 얄궂은 이 결판을 대체 누가 예상할 수 있었을까.

잠깐의 빈틈에 승리를 얻어 낸, 그 천박할 정도의 탐욕스러움에 다름 아닌 세이버 자신이 부끄러워 눈물을 흘리고 있었다.

벨 수 있을 리 없다고, 이 손으로 죽일 수 있을 리 없다고 생각하던 상대조차 베어 버렸다. 이미 그녀도 역시 망집의 노예. 과거 디어뮈드가 최후의 순간에 매도한 대로, 수많은 시체를 밟아 넘더라도 원망기의 기적을 원할 수밖에 없다. 그것이 지금 세이버의 거짓 없는 모습이었던 것이다.

"…그래도 나는, 성배를 얻겠어."

갑옷에 감싸인 채 떨리는 손에 눈물방울이 떨어지고, 칼끝을 타고 흘러내리는 버서커의 피와 뒤섞인다.

"그러지 않으면… 친구여. 그렇게라도 하지 않으면 나는 아무것도 너에게 속죄할 수 없어."

"…참 난감한 분이군요. 이 상황에 와서도 여전히 그런 이유로 검을 쥐는 겁니까?"

그리운 목소리가 들렸다.

올려다보니 기사는 옛 모습 그대로, 잔잔한 호수와 같은 조용하고 온화한 시선으로 울고 있는 왕을 지켜보고 있었다. 서번트로서의 계약이 파기되어 지금 막 소멸하려는 때, 그는 광화의 저주에서도 해방된 것이다.

"랜슬롯…."

"…네, 송구스럽습니다. 하지만 저도 이런 형태로밖에 소망을 이룰 수 없었던 것이겠지요…."

자신을 꿰뚫은 검을 마치 사랑스러운 듯 바라보면서, 랜슬롯은 쓴웃음을 지으며 말을 이었다.

"저는… 당신의 손으로 심판받고 싶었습니다. 왕이시여…. 다른 누구도 아닌, 당신 자신의 분노에 의해 제가 저지른 죄의 벌을 받고 싶었습니다…."

배신의 기사, 원탁 붕괴의 원흉이라 불린 그를 결국 마지막까지 책망하지 않고 못 본 척해 준 유일한 친구를 향해 랜슬롯은 간절하게 호소한다.

"당신에게 심판받았다면, 당신에게 속죄를 요구받았다면…. 분명 이런 저라도 속죄를 믿고… 언젠가 저 자신을 용서하기 위한 길을 찾으려 할 수 있었겠지요. …왕비께서도 분명 그랬을 겁니다…."

그것이야말로… 친구와 같은 이상을 가슴에 품으면서도 그 이상을 위해 목숨을 버리기에는 인간으로서 너무나도 나약했던, 어떤 남자와 여자의 후회였다.

그리고 두 사람은 끝내 구원을 얻지 못하고 생애를 마쳤다. 누구보다도 소중한 사람을 배신하고 말았다는 자책을, 평생 그 가슴에 품은 채로.

그 원통함은 대체 누구에게 호소해야 했을까. 누가 누구를, 어떻게 책망해야 좋았을까.

깊이 숨을 내쉬고, 굳어 있는 몸을 천천히 풀면서 랜슬롯은 기사왕의 팔 안으로 쓰러졌다. 받아 낸 그 몸의 가벼움에 세이버는 목이 메었다. 사라져 가는 서번트의 육체에 이미 현실의 무게 따윈 거의 남아 있지 않았다.

"이런 일그러진 형태라고는 해도, 마지막에 당신의 품을 빌릴 수 있었습니다…."

졸음 속에서 꿈을 꾸는 것처럼, 호수의 기사는 평온하게 중얼거리고 탄식한다.

"왕의 팔에 안겨서, 왕의 부축을 받으며 죽다니…. 하하. 제가, 마치… 충절의 기사였던 것 같지 않습니까…."

"무슨 소릴……. 너는…."

초조함이 세이버를 재촉한다. 그가 사라지기 전에 고해야만 하는 마음이 있었다. 들어 주기를 바라는 말이 있었다.

'마치' 가 아니라 '그야말로' 라고.

그야말로, 너야말로 충절의 기사였다고. 나라에, 왕에게 바친 그 검의 존귀함을 누구보다도 내가 잘 알고 있었다고.

그렇기에 못 본 척 넘겼던 것이다. 설령 금단의 잘못이라고 해도, 그런 것으로는 결코 뒤엎을 수 없을 정도의 은혜가 있는 사람들이었으니까.

수치를 주고 싶지 않았다. 잃고 싶지 않았다. 그렇게 바랐기에 눈을 감고 그 죄의 소재를 부정했던 것이라고.

그것은 알트리아의 거짓 없는 마음임과 동시에, 결코 저 기사의 구원이 될 수 없는 말이었다.

잠들 듯이 눈을 감고, 힘이 다한 기사의 주검은 존재를 잃어간다. 그 잔재에 매달리면서도 세이버는 가슴속의 말을 할 수 없다.

"랜슬롯, 왜냐하면 너는…!"

너는 죄인 따윈 아니라고, 그런 말을 들려주는 것에 무슨 의미가 있는가.

누가 그의 죄를 부정하더라도, 그 누구보다 그 죄를 용서할 수 없다고 규탄하는 것은 다름 아닌 그 자신인데.

어째서 그 고독한 마음을 헤아려 주지 못했던가. 너무나도 고결한 기사의 혼을, 광기에 이르게 만들 정도의 자책에서 해방시켜 줄 수 없었던가.

—왕은, 인간의 마음을 모른다.—

원탁을 떠날 때에 남긴 그것은, 대체 누구의 말이었을까.

끝내 보답받지 못했던 기사의 주검이 마지막 잔광과 함께 사라진다.

“기다… 기다려 줘…. 랜슬…”

무게를 잃은 팔 안의 한없이 공허한 공백을 바라보면서, 세이버는 오열하며 떨었다.

소리조차 나오지 않는다. 목소리 한 번조차 자신에게 허락할 수 없다. 충신의 마지막 순간에조차 만족스러운 말을 해 주지 못했던 자신을, 이제 와서 어떠한 핑계로 위로하라는 말인가.

왕이라면, 고고할 수밖에 없다.

그런 말로 자신을 독려하며 그저 구국의 길만을 탐구하면서, 대체 자신은 얼마나 많은 자들의 마음을, 그 고뇌를 간과해 왔을까.

충성과 용맹 속에 쓰러진 가웨인은, 사명에 목숨을 바친 갤러해드는 최후에 무엇을 가슴에 품었을까. 그들은 혹시 미흡한 왕을 모신 것을 후회하고, 가슴에 미련을 남긴 채 숨을 거둔 것이 아닐까. 그렇지 않다고 어떻게 단언할 수 있을까.

형언할 수 없는 통곡을 내지른다. 회한은 천 개의 화살촉이 되어 가슴속에 박힌다.

만약 왕으로서 자신의 존재방식이 지금과 달랐다면.

어쩌면 파멸과는 다른 결말이 있었을까? 모두가 구원받을 수 있었을까?

"…아직이다…."

울다가 쉬어 버린 목구멍에서 흘러나오는, 상승常勝의 왕으로서 발하는 집념의 목소리.

"아직 속죄할 수 있어…. 아직, 늦지 않았어…. 나에게는 성배가 있다. 운명을 뒤집을 기적이 있어…."

승리의 검에 달라붙으며 일어선다.

인간의 마음을 헤아리지 못하더라도, 고고한 왕이라고 매도당하더라도, 그런 시비 따윈 둘째 문제다.

그래도 이 손이 거둔 승리를 고향과 백성들에게 가져다 줄 수 있다면, 그것이야말로 그녀가 '왕'으로서의 자신에게 부과한 기능의 전부다.

이 손에 성배만 쥘 수 있다면 전부 속죄할 수 있다. 청산할 수 있다.

이미 지금은, 그것만이 왕으로서의 길을 선택한 그녀의 전부.

만신창이가 된 몸을 질질 끌면서 세이버는 걷기 시작했다.

— 03:52:07

계속 죽였다.

총탄으로. 나이프로, 독으로, 폭탄으로.

꿰뚫었다. 찢었다. 불태웠다. 가라앉혔다. 으깼다.

한 번도 그 의미를 의심하지 않고, 그 가치를 신중하게 추량하고, 천칭이 기울어진 쪽을 구하기 위해, 다른 한쪽을 비우기 위해 죽였다. 죽이고 죽이고 계속 죽였다.

그렇다. 그것은 올바르다. 많은 것을 구하기 위해 희생을 인정한다. 늘어난 불행의 숫자보다 지켜낸 행복의 숫자가 우월하다면, 세상은 아주 조금이나마 구제에 가까워지지 않겠는가.

설령 발아래에 무시무시한 숫자의 시체가 쌓여 있다고 해도.

그것으로 구원받은 목숨이 있다면 지켜진 숫자야말로 소중할 것이다.

"…그래, 키리츠구. 당신은 옳아."

문득 주위를 보니 곁에 아내가 있었다. 상냥하고 자애에 가득 찬 웃는 얼굴로 그의 곁에 있다. 키리츠구 옆에서, 시체의 산 위에 함께 서서.

"분명히 와 줄 거라고 생각했어. 당신이라면 이곳에 도달할 거라고 믿고 있었어."

"아이리…."

그립고 사랑스러운 얼굴. 그럼에도 불구하고 뭔가가 마음에 걸린다.

본 적도 없는 검은 드레스 탓일까. 그것도 있다. 하지만 더욱 중요한 것을 놓치고 있다는 기분이 머릿속에서 떨어지지 않는다.

그렇다, 세이버는 어떻게 되었을까? 남은 세 조의 적은 어떻게 되었을까? 코토미네 키레이는 어떻게 되었을까? 의문이 너무나 많다. 대체 무엇부터 물어봐야 하지?

어쩔 수 없이 키리츠구는 우선 맨 처음 떠오른 의문을 말했다.

"여기는… 어디지?"

"여기는 당신의 소원이 이루어지는 장소. 당신이 바란 성배의 내부야."

아이리스필은 환영의 미소로 대답한다. 키리츠구는 말을 잃고 주위를 둘러보았다.

맥동하는 바다처럼 검은 진흙.

썩어 버린 시체가 여기저기에 산을 이루고 있다가 가라앉아 간다.

하늘은 붉다. 피처럼 붉다. 검은 진흙의 비가 쏟아지는 가운

데, 칠흑의 태양이 천상을 지탱하고 있다.

불어 가는 바람은 저주와 원한.

단어로 비유하려 한다면 이곳은… 지옥이 아니면 무엇일까?

"이것이… 성배라고?"

"그래. 하지만 두려워하지 않아도 돼. 이건 아직 형체가 없는 꿈과 같은 것이니까. 아직 탄생의 순간을 기다리고 있을 뿐이야."

봐, 저기를…. 그렇게 말하며 아이리스필이 하늘을 가리킨다. 시커멓게 하늘에 소용돌이치는 그것. 처음에 태양이라고 잘못 봤던 이 세상의 중심은 하늘에 뚫린 '구멍'이었다. 바닥이 꺼진 듯 깊고 무거운 어둠을 가득 채운 구멍. 모든 것을 짓이겨 버릴 것 같은 엄청난 중량.

"저것이 성배야. 아직 형체를 얻지 않았지만, 이미 그릇은 충분히 채워져 있어. 남은 것은 소망을 고하는 것뿐이야. 어떠한 소원을 기탁하더라도, 그것을 성취시키기에 어울리는 형태를 선택할 거야. 그렇게 해서 현세에서의 모습과 형태를 얻음으로써 비로소 저것은 '밖'으로 나올 수 있어."

"……."

"자, 그러니까 부탁이야. 어서 저것에 '형태'를 부여해 줘. 당신이야말로 저것 본연의 모습을 정의하기에 어울리는 사람이야. 키리츠구, 성배에 소원을 고해 줘."

키리츠구는 아무 말 없이 그 흉측한 '구멍'을 바라보았다.

저곳에 있는 것은 결코 멀쩡한 정신을 가진 인간이 허용할 수 있는 존재가 아니다. 그런데도 어째서 아이리스필은 태연히 웃고 있을 수 있는가. 그렇다, 가장 큰 위화감이 느껴지는 것은 그 웃음이었다.

왜냐하면….

"…너는, 누구지?"

공포를 분노로 억누르면서, 키리츠구는 눈앞의 아내를 향해 물었다.

"성배의 준비가 갖춰졌다면 아이리스필은 **이미 죽었다**고 봐야 해. 그렇다면 네놈은 대체 누구지?"

"나는 아이리스필. 그렇게 생각해도 아무런 문제도 없어."

키리츠구는 오른손의 마총, 키레이와 싸우고 있을 때와 마찬가지로 쥐고 있던 컨텐더의 총구를 상대에게 들이댔다.

"얼버무리지 말고 대답해!"

살의가 담긴 총구를 앞에 두고, 검은 드레스의 여인은 그저 쓸쓸하게 미소 지었다. 마치 그런 사정을 힐문하는 키리츠구를 불쌍히 여기는 것처럼.

"…그렇지. 이것이 가면이라는 것은 부정하지 않겠어. 나는 확실히 누군가의 인격을 '껍데기'로 뒤집어쓰지 않으면 타자와 의사소통을 할 수 없으니까. 당신에게 내 바람을 전하기 위해서는 이런 형태를 취할 수밖에 없었어.

하지만 말이야, 내가 기록한 아이리스필의 인격은 틀림없이 진짜야. 그 여자가 소멸하기 직전, 마지막으로 접촉한 것은 나야. 그러니까 나는 아이리스필의 최후의 바람을 물려받고 있어. '이랬으면 좋겠다' 라는 소망을 체현하는 것이야말로 내 본분이니까."

그 고백을, 키리츠구는 이론이라기보다 직감으로 이해했다.

'성배의 내부' 라고 칭하는 이 장소에서, '누구도 아닌 누군가' 를 자칭하는 이 존재야말로….

"…너는 성배의 의지인가?"

"응, 그 해석은 틀리지 않았어."

그 말에 만족스러운 듯이 아이리스필의 형체를 한 존재는 끄덕였다. 그러나 한편으로 키리츠구는 더욱 불온한 곤혹에 이맛살을 찌푸린다.

"말도 안 돼. 성배는 그저 무색무취의 '힘' 이었을 텐데? 그것이 의지 같은 걸 가지고 있을 리 없어."

"전에는 그랬는지도 몰라. 하지만 지금은 아니야. 나에게는 의지가 있고, 바람이 있어. '이 세상에 태어나고 싶다' 라는 의지가."

"그럴 수가…."

이상하다. 뭔가 이상하다.

만약 그것이 사실이라면, 이것은 키리츠구가 원하던 안성맞춤의 '원망기' 같은 것이 아니다.

"…의지가 있다면, 묻겠다. 성배는 내 소망을 어떻게 이룰 생각이지?"

자못 이상한 질문을 받았다는 듯이 아이리스필은 고개를 갸웃거렸다.

"그런 것은… 키리츠구, 당신이라면 누구보다 잘 이해하고 있을 텐데?"

"…뭐라고?"

"당신이란 인간은 그 존재방식 자체가 한없이 나에 가까워. 그렇기에 지금 나와 이어져 있으면서도 이성을 유지할 수 있는 거지. 보통 인간이라면 저 진흙을 뒤집어쓴 시점에서 정신이 붕괴되었을 거야."

쾌활하게, 맑게, 축복하듯이 이야기하는 아이리스필.

그 웃는 얼굴이 어째서인지 키리츠구의 마음을 너무나도 술렁이게 한다.

"세상을 구원하는 방법 따위야, 당신은 이미 이해하고 있잖아. 그러니까 나는 당신이 해 온 대로, 당신 본연의 모습을 물려받아서 당신의 기도를 완수할 거야."

"무슨 소릴 하고 있는 거지?"

키리츠구는 이해할 수 없었다. 결코 이해하고 싶지 않다.

"대답해라. 성배는 뭘 할 생각이지? 저것이 현세에 강림하면 대체 무슨 일이 벌어지는 거지?!"

끝없이 맞물리지 않는 문답에, 아이리스필은 포기했다는 듯 탄식하고서 끄덕였다.

"…어쩔 수 없네. 그러면 그다음은 당신 자신의 내부에 물어볼 수밖에 없어."

하얗고 부드러운 손바닥이 키리츠구의 눈앞을 가린다.

그리고 세상이 어두워졌다.

대양에 두 척의 배가 떠 있다.

한쪽 배에 300명. 다른 한쪽 배에 200명. 총 인원 500명의 승무원과 승객, 그리고 에미야 키리츠구. 이 501명을 인류 최후의 생존자로 가정하자.

그러면 에미야 키리츠구의 롤 플레이, 역할연기를 맡아서 이하의 명제를 해결하도록 하자.

「두 척의 배 밑바닥에, 동시에 치명적인 큰 구멍이 뚫렸다. 배를 고칠 기술을 가진 사람은 키리츠구뿐이다. 한쪽 배를 고치는 사이에 다른 한 척의 배는 침몰한다. 그러면 당신은 어느 쪽 배를 고칠까?」

"…당연히 300명이 탄 배다."

「당신이 그렇게 결단하자, 다른 한쪽의 배에 탄 200명이 당신을 붙잡아서 이렇게 요구해 왔다. '이쪽 배를 먼저 고쳐라' 라고. 자아, 어떡할 거지?」

"그건…."

대답을 말로 입 밖에 내기보다 먼저, 키리츠구의 손안에 캘리코 단기관총이 출현했다.

마치 자동기계처럼 맹렬하게 불을 뿜는 총구를, 키리츠구는 어안이 벙벙해져서 바라본다.

토해 낸 총탄은 한 발마다 네 명을 관통해서 순식간에 200명 전부를 죽였다.

「…정답이야. 그래야 에미야 키리츠구지.」

시체의 산을 쌓은 채 바다 속으로 가라앉아 가는 배를 키리츠구는 멍하니 지켜보았다. 갑판에 흩어진 시체는 그 어느 것이나 낯익은 얼굴들 같다는 기분이 들었다.

「그리고 살아남은 300명의 사람들은 파손된 배를 버리고 새로 두 척의 배에 나눠 타고 항해를 계속했어. 이번에는 한쪽 배에 200명, 다른 한쪽 배에 100명이야. 그런데 그 두 척의 배 밑바닥에 또다시 동시에 구멍이 뚫렸어.」

"이봐…."

「당신은 작은 배를 탄 100명에게 납치되어서, 먼저 이쪽 배를 고치라고 강요받고 있어. 자, 어떡할 거야?」

"그런 건…. 하지만…."

허연 칼날이 번쩍이고 폭탄이 작렬했다. 100명이 바다의 물고기 밥으로 사라졌다. 그것이 에미야 키리츠구의 방식이었다. 예전에 그가 쌓아 왔던 대로, 살육이 수행되었다.

「…정답이야.」

"말도 안 돼…. 그건 말도 안 돼!"

뭐가 옳다는 거냐.

살아남은 사람은 200명. 그것을 위해 죽은 것이 300명. 이래서는 천칭의 접시가 반대 아닌가.

「괜찮아, 계산은 잘못되지 않았어. 확실히 당신은 다수를 구하기 위해 소수의 희생을 선택하고 있어. 자, 그러면 다음 명제야.」

키리츠구의 항의에 아랑곳하지 않고 게임 마스터는 다음으로 넘어간다.

120인과 80인이 천칭 위에 올랐다. 키리츠구는 80명을 학살했다.

다음은 80명과 40명. '마술사 킬러' 는 40명의 단말마를 지켜보았다. 어느 얼굴이나 기억에 있었다. 과거에 그가 직접 죽여 왔던 사람들이다.

50명과 30명….

30명과 20명…. 선택은 계속된다. 희생은 계속된다. 시체의 산은 쌓여만 간다.

"이것이… 네놈이 보여 주고 싶었던 것이냐?"

악랄한 게임의 취지에 구역질을 느끼면서, 키리츠구는 '성배의 의지'를 자칭하는 존재를 향해 물었다.

「그래. 이것이 당신의 진리. 에미야 키리츠구 안의 대답이다. 즉, 원망기로서의 성배가 성취해야 할 행위다.」

"아니야!"

두 손을 피투성이로 물들이면서 키리츠구는 절규한다.

"이런 것을 바란 게 아니야! 이런 행동이 아닌 방법이 있기를 바랐기 때문에, 그랬기 때문에 나는 '기적'에 의지할 수밖에 없다고 생각하고…."

「당신도 알지 못하는 방법을 당신의 소망에 포함시킬 수는 없다. 당신이 세계의 구제를 바란다면, 그것은 당신이 아는 수단에 의해 성취시킬 수밖에 없어.」

"웃기지 마! 그런 게… 대체 어디가 기적이라는 거야?!"

「기적이고말고. 과거에 당신이 지향하고 끝내 개인으로서는 성취할 수 없었던 행위를, 결코 사람의 손으로 이룰 수 없는 규모로 완수한다. 이것이 기적이 아니고 무엇이겠는가.」

다섯 명이 남았다. 전부 키리츠구에게 소중한 사람들이었다. 하지만 세 사람인가 두 사람인가를 선택하라고 강요받았다.

절망에 울면서 방아쇠를 당겼다. 에미야 노리카타의 얼굴이 날아갔다. 나탈리아 카민스키의 뇌수가 흩뿌려졌다.

"네놈은… 현세에 내려와서 이 짓을, 전 인류를 상대로 이 짓을 할 셈이냐? 그것이 내 이상의 성취라고?!"

「그렇고말고. 너의 소망은 성배의 형태로서 최적이다. 에미야 키리츠구, 너야말로 '이 세상의 모든 악—앙그라 마이뉴'를 짊어지기에 어울린다.」

남은 것은 세 사람. 두 사람을 구할까, 한 사람을 선택할까. 떨리는 손이 나이프 자루를 쥔다.

이미 눈물도 말라붙은 유령처럼 공허한 눈동자로, 키리츠구는 히사우 마이야의 몸을 찢었다. 몇 번이고 몇 번이고, 반복해서 나이프의 칼날을 휘둘렀다.

그렇게 해서 세상에 두 사람만이 살아남았다.

이미 천칭에 얹을 수도 없는, 측량할 수도 없는 등가의 가치. 498명의 목숨과 바꿔서 끝까지 지켜 낸 최후의 희망.

모든 것을 성취한 키리츠구는 멍하니 빈껍데기 같은 상태로 난로의 온기에 감싸여 있다.

그리운, 포근하고 따뜻한 방에서 '아내'와 '딸'이 활짝 웃고 있다.

요컨대 이것이… 그가 바라던 평온한 세계.

두 번 다시 싸우지 않는, 아무도 상처 입는 일 없는 완성된 이상향.

"어서 와, 키리츠구. 이제야 간신히 돌아왔구나!"

기쁨에 반짝이는 얼굴로, 이리야스필이 작은 두 팔로 아버지의 목에 매달린다.

눈에 파묻힌 북쪽 끝의 성. 이곳에 안식이 있었다.

피로 칠갑된 생애 끝에, 있을 리 없던 자상함을 찾아냈다.

이 자그마한 아이 방만이 세상의 전부라면 더 이상 아무런 갈등도 필요 없다.

"…어때? 잘 알았지? 이것이 성배에 의한, 당신의 기도의 성취야."

행복한 순간을 함께 나누는 남편에게 아이리스필이 미소 짓는다.

남은 것은 그저, 그것을 기도하기만 하면 된다.

아내를 되살리라고. 딸을 돌려달라고.

무한이나 마찬가지인 마력 앞에, 그것은 식은 죽 먹기와 같은 기적.

마지막에 남은 것은 행복뿐이다. 모든 것이 멸망한 죽음의 별에 남겨진 최후의 인류로서, 세 사람의 가족은 영원토록 행복하게 지내게 될 것이다.

"이제는 호두나무의 눈을 찾으러 갈 수도 없겠네…."

창밖에는 눈 덮인 경치조차 없고, 그저 심해의 밑바닥처럼 소용돌이치는 시커먼 진흙만이 존재할 뿐이다. 그런 경치를 바라보면서 가만히 중얼거리는 키리츠구에게, 이리야스필은 웃는 얼굴로 고개를 젓는다.

"아니, 괜찮아. 이리야는요, 키리츠구하고 어머니만 같이 있어 주면 돼."

너무나도 사랑스러운 딸의 머리를 끌어안으면서, 키리츠구는 하염없이 눈물을 흘렸다.

"고마워…. 아버지도 이리야가 정말 좋단다. 그것만큼은 진짜로 맹세할 수 있어…."

두 손만이 막힘없이 움직인다. 마음과는 관계없이, 그러도록 만들어진 기계장치처럼. 사랑하는 딸의 작은 아래턱 밑에 컨텐더의 총구를 갖다 댄다.

"…안녕, 이리야."

어리둥절한 표정을 한 소녀의 머리가 총성과 함께 파열한다.

눈물에 젖은 키리츠구의 뺨에 은발이 달라붙은 살점이 튀었다.

아이리스필이 절규한다. 눈을 까뒤집고 머리를 헝클어뜨리며 광란에 제정신을 잃고 비명을 지른다.

"무슨 짓을…. 여보! 대체 무슨 짓이야?!"

귀신같은 얼굴로 달려드는 아내를, 키리츠구는 오히려 바닥에 깔아뭉갰다. 그 가느다란 목에 손가락을 얽었다.

"너는… 성배는, 존재해서는 안 되는 것이었어…."

이 여자의 내용물이 '무엇' 이든, 그 껍데기로 두른 아이리스필의 인격은 진짜다. 딸을 살해당한 절망과 통곡, 자신의 아이를 죽인 남편에 대한 증오는 진짜 아이리스필 역시 틀림없이 품었을 틀림없는 진짜 감정이다.

그것을 직시하고 받아들이면서, 키리츠구는 두 손에 혼신의 힘을 담아 아내의 목을 졸랐다.

"…당신, 무슨 짓을…. 왜 성배를, 우리들을, 거부하는 건가요…. 나의 이리야…. 그럴 수가, 어째서?!"

"…왜냐하면, 나는…."

목에서 흘러나온 자신의 목소리는 그저 공허한, 텅 빈 동굴 안을 불어 나가는 바람 같았다. 슬픔도 없었다. 분노도 없었다. 당연하다. 에미야 키리츠구 안에는 이미 아무것도 없다. 바라 왔던 기적에 등을 돌리고, 그 배신의 대가조차 포기했다. 이미 지금 그의 내부에 남겨진 것이 있을 리 없다.

"나는… 세계를… 구할 것이기 때문이다."

그저 단 하나, 마지막까지 관철한 신념의 말. 그 울림은 얼마나 공허한가.

하얀 얼굴에 울혈을 일으킨 아이리스필이 키리츠구를 응시한다. 어떤 날에도 자애와 동경만을 담아 그를 바라봐 왔던 붉은 눈동자가, 끝 모를 저주와 원한에 물든다.

"…저주할 거야…."

자상했던 가느다란 다섯 손가락이 키리츠구의 어깨를 움켜쥔다. 파고든 그 다섯 손가락에서 검은 진흙이 흘러든다.

"에미야 키리츠구…. 너를 저주하겠어…. 괴로워해라…. 죽을 때까지 후회해라…. 절대로, 용서하지 않겠다…."

"그래, 좋다."

미움에 물든 진흙이 혈관을 타고 돌아 심장으로 흘러든다. 모든 것을 잃은 남자의 혼을 침식해 간다. 그래도 키리츠구는 손의 힘을 풀지 않는다. 뺨을 타고 흐르는 눈물의 의미조차 잊고, 검은 드레스의 여인을 목 졸라 죽이며 고한다.

"그래도 좋다. 말했을 거다. 나는 너를 떠맡겠다고."

떨리는 손안에서 여인의 경추가 으스러졌다.

그리고 다시 풍경이 변화한다.

…정신을 깊이 침범했던 심상은, 끝나고 보니 한순간이었던 듯했다.

정신이 들고 보니 키리츠구는 원래 있던 대도구 창고에 서 있었다.

오른손에는 아직 격철을 세운 상태의 컨텐더. 그리고 눈앞에는 무릎을 꿇은 채로 인사불성에 빠진 코토미네 키레이.

키리츠구는 고개를 들어, 지금도 여전히 천장에서 주위 일대에 방울져 떨어지며 바닥을 태워 가는 검은 진흙을 지켜본다. 키리츠구와 동시에 키레이 역시 저 진흙을 뒤집어썼던 것이리라. 그리고 아마도 같은 것을 목도했을 것이다.

저 진흙이 성배에서 흘러나온 내용물이라고 한다면, 그릇은 이 위층 콘서트홀 무대 위에서 강림의 의식을 진행하고 있는 것이 틀림없다.

서두를 필요가 있었다.

키레이가 의식을 되찾고 일어서려고 했지만, 등 뒤에 눌린 키리츠구의 총구가 저지했다.

곧바로 상황을 이해한 키레이는 그 얄궂은 전말에 씁쓰레한 미소를 흘렸다. 그 정도로 격렬하게 생사를 건 결투를 벌였으면서도 결과적으로 승패를 결정한 것은 어느 쪽이 먼저 눈을 떴는가 하는 우연이었다니.

아니면, 혹은…. 자신의 의사로 악몽을 끝낸 자가 먼저 눈을 뜨는 것이 당연했을까.

"…너무 어리석은 짓이라 이해할 수가 없군. 어째서 **그것**을 거부했지?"

낮게 억누른, 분노와 증오를 감춘 목소리였다. 지금 처음으로 에미야 키리츠구는 코토미네 키레이의 목소리를 직접 들었다.

"…네놈에게는 저것이 받아들여도 좋은 것으로 보였나?"

마르고 갈라진, 공허할 정도로 약해진 목소리였다. 지금 처음으로 코토미네 키레이는 에미야 키리츠구의 목소리를 직접 들었다.

두 사람은 함께 성배 안에 숨어 있는 것과 접촉하고 그 정체를 이해했다. 키리츠구는 성배의 의지라는 존재와 소통을 했고, 키레이는 그것을 지켜보았다. 그리고 키리츠구의 선택은 키레이에게 이해의 영역 밖에 있는 행동이었다.

“너는…! 모든 것을 내던지고 희생하며 여기까지 도달했을 것이 아니냐! 그렇게까지 하면서 손에 넣은 것을 어째서 지금 와서 무로 돌릴 수 있지?!”

“저것이 가져올 것보다도, 저것이 희생시킬 것 쪽이 중하다. 단지 그것뿐이다.”

“그렇다면 나에게 양보해!”

그때 키레이는 에미야 키리츠구를, 예전에는 자신과 비슷했을지도 모르지만 지금은 이미 자신과 너무나도 반대인 이 남자를 진심으로 증오했다.

“너에게 불필요한 것이라도 나에게는 유용하다! **저것**은… 저런 것이 태어난다면, 틀림없이 내 모든 방황에 해답을 가져다줄 거야!”

키레이는 키리츠구의 의도를 알고 있다. 가장 사랑하는 사람조차 죽일 각오로 원망기를 거절한 이 남자가 다음에 무슨 짓을 할 생각인지 알고 있다. 그리고 그것만큼은 허용해서는 안 된다. 오늘 이때에 이르기까지 코토미네 키레이의 모든 편력을 걸고.

“부탁이다, 죽이지 마라! **저것**은 자신의 목숨을, 탄생을 바라고 있어!”

돌아보는 것도 허락되지 않은 상태에서 격한 목소리로 애원하는 신부를, 암살자는 얼음장 같은 시선으로 내려다보았다.

"그래…. 네놈이야말로, 너무 어리석어서 이해할 수가 없겠지."

손끝이 매끄럽게 방아쇠를 당기고, 격침이 .30-06 스프링필드 탄의 신관을 후려친다.

찰나에 번쩍이는 총화銃火와 굉음.

빗나가지 않는 그 한 발로, 키리츠구는 코토미네 키레이의 심장을 등 뒤에서 꿰뚫었다.

–03:49:31

연옥처럼 타오르는 불길 속을, 세이버는 걸어서 나아간다.

버서커에게 입은 피해는 자기재생능력으로 치유할 수 있는 영역을 훨씬 넘어서고 있었다. 예전에는 흐림 한 점 없었던 백은의 갑옷이 버서커의 검에 수없이 두들겨 맞아 광화狂化의 그을음에 더러워지고, 핏기를 잃은 피부는 밀랍처럼 창백하다. 무릎은 삐걱대고, 다리와 허리는 떨리고, 호흡은 풀무소리처럼 거칠다. 한 걸음 내딛을 때마다 정신이 아뜩해질 정도의 아픔이 덮쳐 온다.

비틀거리면서, 발이 걸려 넘어지면서, 그래도 세이버는 걸음을 멈추지 않았다.

그녀에게는 책무가 있었다. 왕으로서 완수해야만 하는 맹세가 있었다. 그리고 그것을 성취하기 위해 유일하게 남은 길은 성배를 손에 넣는 것뿐이었다. 그러니까 나아간다. 상처 입은 몸을 채찍질하며, 이를 악물고 견디면서.

드디어 1층에 도달하고 입구 홀을 지나서 커다란 문을 양쪽으로 활짝 젖힌다. 눈앞에 광대한 콘서트홀이 펼쳐졌다. 그리고 정면 무대 중앙에는 찬연하게 빛나는 황금의 잔이 불길에 휩싸여 떠올라 있었다.

"아…."

한눈에 알 수 있었다. 저것이야말로 틀림없이 자신이 찾던 성배라는 걸.

호문쿨루스의 육체를 무기물로 환원시킴으로써 정제된 황금의 그릇. 세이버는 여전히 그 공정을 모르고 있었지만, 눈앞의 광경은 많은 것을 알아차리게 하는 데 충분하고도 남았다.

그녀는 '성배의 수호자' 였다. 성배를 키리츠구와 세이버에게만 넘기기로 결심하고 있었다. 다른 누군가에게 '그릇' 을 빼앗길 바에야, 몸을 던져서라도 사수하려고 했을 것이다. 그리고 지금 의식의 현장에 아이리스필의 모습은 없고, 누군가의 손에 의해 성배의 강림은 착착 진행되고 있다.

"아이리스필…."

그 얼굴을 회상하며 세이버는 오열에 입술을 깨물었다.

검에 걸고 지키겠다고 맹세했지만 완수하지 못했다. 또다시 자신은 계약을 깨뜨렸다.

과거에 사랑하는 고국을 구할 수 없었던 것처럼.

친구를 고뇌에서 구할 수 없었던 것처럼.

가슴이 찢어지는 듯한 자책과 굴욕 속에서 세이버의 뇌리를 스친 것은, 언제나 겨울이었던 성에서의 기억이다. 아이리스필과 맹세를 나누었을 때에 그녀는 세이버에게 부탁했다.

—세이버, 성배를 손에 넣어 줘. 당신과 당신의 마스터를 위해

서.—

"…네, 하다못해 그것만큼은 해내겠습니다. 그것만이…."

지금의 그녀에게 남겨진 전부.

아직 그녀가 검을 쥐고, 숨을 쉬고, 심장을 뛰게 하는 단 하나의 이유였다.

결코 실수해서는 안 되는 한 걸음을, 세이버가 내딛은 그때.

"늦었다, 세이버. 옛 친구인 광견과 놀고 왔다고 해도 나를 기다리게 하다니, 무례한 행동도 이만저만이 아니야."

세이버의 앞길, 관객석을 지난 통로 중앙에 황금색의 절망이 홀연히 서 있었다.

"…아처…!"

"후후, 얼굴이 그게 뭔가? 나의 재보에 넋을 잃었다고는 해도, 조금은 진정해라. 그렇게 노골적으로 욕심을 드러내면 품위가 떨어진다. 마치 굶주려 야윈 개 같지 않나."

세이버도 적의 출현을 전혀 예상하지 않았던 것은 아니다.

이 시민회관에 아직 살아남아 있는 서번트가 전부 집결하는 것은 자명한 흐름이었다. 다른 라이벌들이 서로 싸우는 전개가 되었다고 해도, 같이 쓰러지기를 기대하는 것은 너무 뻔뻔스러운 생각이다. 앞으로 한 번 더, 라이더나 아처 중 어느 한쪽과는 틀림없이 맞서게 되리라고 각오하고 있었다.

그러나 상처 하나 없는 아처의 갑옷, 그리고 남아돌 정도로 충만한 마력의 기운을 보고서 세이버는 이를 갈았다.

틀림없이 저 황금의 서번트는 상처를 입지 않았다. 그러기는커녕 전혀 소모되지 않았다.

이미 버서커와의 싸움으로 만신창이가 된 세이버가 아처를 상대로 승기를 찾아내려면, 상대가 앞선 라이더와 벌였을 사투의 영향, 그때의 소모에 한줄기 희망을 거는 수밖에 없었다. 그러나 막상 대치한 아처에게서는 지난 싸움의 영향 따윈 한 조각도 보이지 않는다.

설마 그 정복왕이 한 방 먹이지도 못하고 패했을 줄이야…. 아직 진명조차 모르는 이 수수께끼의 서번트는 그렇게나 압도적이란 말인가.

그러나 모든 희망이 사라진 것처럼 보이는 이 상황하에서, 여전히 세이버를 움직이게 하는 것은 거칠고 사나운 분노의 마음이었다.

이미 승기가 어떻고 전략이 어떻고 하는 것은 머릿속에 없다. 그저 용납할 수 없었다. 지금의 그녀와 성배 사이를 누군가가 가로막고 서 있다는 사태 그 자체가.

"…거기서, 비켜라…."

원망하는 듯 낮게 깔린 목소리로 세이버는 중얼거렸다. 미칠 듯한 그 집념은, 과거에 맑은 비취색이었던 눈동자를 황연黃鉛의

색으로 탁하게 만들고 있다.

"성배, 는… 내 것이다…!"

이미 자신의 부상 따윈 개의치 않고, 분노에 끓어오르는 외침과 함께 아처를 향해 달려드는 세이버. 그러나 한 걸음 내딛은 그 다리를, 곧바로 허공에서 발사된 투사보구의 일격이 꿰뚫는다.

견디지 못하고 바닥에 쓰러지면서, 그래도 세이버는 고통의 소리를 눌러 죽였다. 둘러 보니 사방에는, 속속 공중에서 나타난 '왕의 재보—게이트 오브 바빌론'의 병기 무리가 모든 칼끝을 세이버를 향해 겨눈 채로 대기하고 있었다.

앞으로 주인의 호령 한 번에 무수한 원초原初보구는 세이버를 향해 쇄도하고, 이번에야말로 그녀를 고슴도치로 만들 것이다. 지금 막 왼쪽 다리를 꿰뚫린 세이버로서는 회피할 수도 없다.

"세이버여…. 망집에 떨어져서 땅바닥을 기어도 여전히 너라는 여자는 아름답구나."

절체절명의 궁지에 이를 악무는 세이버의 흉한 얼굴을, 아처의 핏빛 눈동자는 형언하기 어려운 음침한 감정을 담아 바라보고 있다.

"기적을 이루는 성배 따위, 그런 수상쩍은 존재에 집착하는 이유 따윈 관심 없다. 세이버, 너라는 여자의 존재 자체가 이미 희귀한 '기적'이 아니냐."

사지에는 전혀 어울리지 않는, 어딘지 모르게 평온함까지 엿보이는 아처의 어조는 궁지에 몰린 세이버의 경계심을 더욱 불러일으키는 것이었다.

"네놈은… 무슨 소릴…."

"검을 버리고, 나의 아내가 되어라."

이 국면에서, 이 상황하에서 그것은 어떠한 기습보다도 기상천외한 말이었다. 천하의 세이버조차, 이 정도로까지 상식을 벗어난 이야기에는 잠시 말을 잃을 수밖에 없었다.

"…무, 무슨 말도 안 되는 소릴…. 대체 무슨 생각이지?!"

"이해할 수 없더라도 환희할 수는 있을 터인데? 다른 이도 아닌 내가, 너의 가치를 인정한 거다."

단 한 명, 아처 자신에게만큼은 그 논법이 아무런 이상함도 없는 당연한 귀결이었던 것이리라. 황금의 서번트는 오만하게 가슴을 편 채로, 첫눈에 반한 여자를 굽어보고 있었다.

"시시껄렁한 이상도 맹세니 뭐니 하는 것도 전부 버려라. 그러한 것은 단지 너를 속박하고 해칠 뿐이다. 이제부터는 나만을 구하고 나만의 색에 물들도록 해라. 그러면 만상萬象의 왕의 이름하에 이 세상의 모든 쾌락과 유열을 주겠다."

"……크!"

거리낌 없는 그 말은, 잠시 당혹했던 세이버를 다시 분노의 노예로 만들기에 충분했다.

"네놈은, 그런 시답잖은 짓을 위해서… 내 성배를 빼앗는 거냐?!"

소리치며 묻는 세이버의 코끝에 상공으로부터 날아온 두 번째 보구가 작렬하고, 그 충격만으로 그녀를 날려 버렸다.

"너의 의사 따윈 묻지 않겠다. 이것은 내가 내린 결정이다."

아처는 얼굴 가득 가학의 유열에 물들어 있다. 마치 분노에 맞서는 세이버의 모습조차도 애교라는 듯이.

원래부터 이 파격적인 영령은 상대를 대등하게 보고 투쟁한다는 발상 따윈 가지고 있지 않았을 것이다. 즉, 적이란 농락하고 욕보이고 굴복하는 모습을 관상하기 위한 광대에 지나지 않는다. 세이버가 모든 것을 걸고 임한 이 사투조차, 아처에게는 그저 유흥에 지나지 않는 것이다.

"자, 대답을 듣도록 할까? 물을 것도 없이 결정된 답이긴 하지만, 네가 어떠한 얼굴을 하고 그것을 입으로 말할지가 볼거리로군."

"거절한다! 결단코…."

말이 끝나기보다 먼저, 으르렁거리는 소리를 내며 날아온 아처의 보구가 상처 입은 세이버의 왼쪽 다리를 다시 도려낸다. 격통에 세이버가 신음소리를 흘리자 크게 웃음을 터뜨리는 아처.

"부끄러운 나머지 말도 안 나오나? 좋다. 몇 번을 잘못 말하더라도 허락한다. 나에게 모든 것을 바치는 기쁨을 알려면, 우선 아픔을 통해 배워야만 할 테니 말이다.”

공중에 떠서, 위협하듯이 칼끝을 흔들며 서서히 세이버에게 다가가는 보구의 무리.

더 이상 견딜 수 없는 분노가 세이버의 사고를 끓어오르게 한다. 이런 굴욕을 맛보며 희롱당하다 죽을 바에야, 차라리 자멸할 각오로 한 번이라도 적을 놀라게 해 주고 싶었다.

나중 일은 생각하지 않고 모든 여력을 동원하면 ‘약속된 승리의 검—엑스칼리버’의 일격을 날릴 만큼의 마력은 어떻게든 마련할 수 있을지도 모른다. 저 정도로 끝을 알 수 없는 영령이라면, 대성보구에 대항할 정도의 방어수단이 있다고 해도 이상하지 않지만, 승리에 우쭐하며 방심하고 있는 지금의 아처는 빈틈투성이다. 설마 세이버가 반격에 나서리라고는 상상도 하지 못할 것이다.

하지만… 지금의 세이버가 있는 위치에서 아처를 노린다면, 그 사선 끝에는 무대 위의 성배가 있다. 설령 아처를 일격에 재로 만들었다고 해도, 그때는 성배까지 한꺼번에 불태워 버리게 될 것이다. 그래서는 아무런 의미도 없다.

‘대체 어떡하면 좋지…?’

극한의 선택을 강요받으면서 활로를 모색하는 세이버는, 그때 홀 안에 나타난 제3의 인물을 발견했다.

2층 객석 높이에 있는 벽면에 테라스 형태로 튀어나와 있는 박스석. 화염이 그리는 음영 속에, 마치 망령처럼 서 있는 롱코트의 실루엣. 그것은 서번트 세이버인 그녀와 계약한 정규 마스터, 에미야 키리츠구의 모습이 틀림없었다.

절망적이었던 상황에 한줄기 광명이 비친다.

지금 키리츠구의 손에 남아 있는 영주의 강제권, 자신의 서번트에 한해서만 기적과 동등한 부조리조차 가능케 하는 저 마술의 도움을 빈다면, 어쩌면 이 상황을 타개할 수 있지 않을까.

아무리 키리츠구라도 세이버의 이 궁지를 보면 취할 수 있는 결단은 하나일 것이다. 다행히 아처는 키리츠구의 등장을 깨닫지 못하고 있다.

키리츠구가 오른손을 들고 그 손등에 새겨진 영주의 빛을 드러낸다.

구체적으로 어떠한 명령이 내려질지, 그 부분은 키리츠구의 마음이다. 하지만 그가 아무리 기발한 전략을 준비하더라도, 세이버는 그것에 응해 내겠다고 각오했다. 아처에 대항할 수 있을 만한 엄호를 받을 수 있다면, 어떠한 방법이라도 상관없다.

통각을 차단하고 사력을 다하란 말을 듣는다면, 세이버의 육체는 전신의 부상을 완전히 무시하고 신체가 붕괴할 때까지 최대한의 힘을 발휘할 수 있을 것이다. 순간이동으로 성배 곁까지 뛰라고 말한다면, 이 치명적인 위치의 불리함을 해소할 수 있다. 성배를 보호하면서 아처만을 처치할 수 있을 정도로 절묘하게 출력을 조정해서 '약속된 승리의 검—엑스칼리버'를 구사하는 것도 가능할지도 모른다. 그것이 영주다. 마스터와 서번트의 동의하에 행사되는 영주라면 그 어떠한 불가능도 가능하게 만들 수 있다. 오로지 그것을 위해 특화된 마술만이 이룰 수 있는 경이에, 세이버는 마지막 기대를 걸었다.

—에미야 키리츠구의 이름하에, 영주로써 세이버에게 명한다.—

중얼거리는 그 목소리는, 귀가 아니라 세이버의 혼의 근간 자체에 작용한다. 결코 잘못 들을 수 없는 그 목소리가, 단호하고 명확하게 선언한다.

—보구로, 성배를 파괴하라.—

어떻게 해석해야 좋을지 이해할 수 없는 그 언령言靈에, 세이버의 사고는 공백으로 화했다.

"…뭐라고…?"

회오리바람이 불며 주위의 화염을 쓸어 낸다. 해제된 '풍왕결계' 안에서 황금의 검이 모습을 드러낸다.

세이버의 사고가 이해를 거부해도, 서번트로서의 그 육체는 아무런 의문도 없이 영주의 기능을 받아들였다. 칼자루를 쥔 자의 의도 따윈 전혀 헤아리지 않은 채, 보검은 빛의 다발을 자아나간다.

"마, 말도 안 돼…. 무슨 생각이지?!"

제아무리 아처도 이것에는 깜짝 놀랐다. 성배를 등지고 있는 한, 세이버는 결코 비장의 수단을 쓰지 않을 것이라고 얕보고 있었기 때문이다.

"…아…, 아니야!"

세이버가 외친다. 목이 찢어져라 절규했다. 번쩍 들어 올린 황금의 검이, 대상단 자세에서 꿰매진 듯이 응고한다.

전설의 기사왕으로서, 그리고 가장 우수한 세이버 클래스의 서번트로서 그녀가 지니고 있던 특급의 대마력對魔力은, 영주의 속박조차 아슬아슬하게 저지할 수 있을 정도였다. 검을 휘두르겠다고 구동하는 전신의 근육을, 그녀는 혼신의 힘으로 봉인한다. 강권과 억제, 맞부딪치는 두 힘은 세이버 안에서 미쳐 날뛰며 그 가느다란 몸을 당장이라도 찢어 놓을 것만 같았다.

그 격통, 상상을 불허하는 괴로움과 중압에 세이버는 디어뮈드 오 디나의 최후를 떠올린다. 그 비운의 영령이 맛본 고민과 굴욕을, 지금 그녀는 몸으로 체험하고 있는 것이다.

온몸을 괴롭히는 마술의 맹위에 신음하면서, 세이버는 박스석의 에미야 키리츠구를 응시하며 외쳤다.

"어째서지?! 키리츠구, 하필이면 당신이, 어째서?!"

있을 수 없는 일이다. 이런 명령은 있을 수 없다.

세이버보다 더했으면 더했지 덜하지는 않을 정도로, 에미야 키리츠구는 성배를 필요로 하고 있었을 것이다. 그런 그가 어째서 지금 와서 성배를 거절하지? 사랑하는 아내가 목숨을 바친 의식의 성취를, 어째서 지금 와서 무로 돌리려 하지?

피를 토하듯이 안에 든 것을 쏟아냈던 그때, 그가 이야기한 비원조차도 전부 거짓말이었다는 것인가?

세이버가 보이는 심상치 않은 양상이 영주에 의한 것이라고 판단한 아처는, 그때서야 간신히 에미야 키리츠구의 존재를 깨달았다.

"네 이놈! 내 혼사를 방해하는 게냐, 잡종 따위가!"

그때까지 세이버를 향하고 있던 보구의 무리가, 일제히 반전하여 키리츠구가 있는 박스석을 조준한다.

그러나 죽음의 보구 폭격이 해방되는 것보다 한 박자 빠르게, 키리츠구는 다시 오른손 손등을 눈 아래의 세이버를 향해 보이고 있었다. 마지막으로 남은 영주 한 획을.

—제3의 영주로써, 거듭 명한다.—

"그만둬어어어어!"

자신의 긍지가, 희망이, 이번에야말로 산산조각 나는 순간을 눈앞에 두고 세이버가 눈물을 흩뿌리며 절규한다.

—세이버, 성배를 파괴하라!—

그것은 이미 저항할 수 없는 폭위暴威였다.

거듭 명령되어 증폭된 영주의 강제력은 울며 외치는 세이버의 몸을 유린하고, 압착하고, 그 몸에서 온 잔존마력을 끌어내어 파멸의 빛으로 집속시켰다.

해방된 빛의 줄기는 홀을 종단하여 무대에 떠 있는 성배의 그릇을 직격한다. 그보다 앞서 안전지대로 피했던 아처는, 직격은 피했지만 그래도 가까이에서 직시한 무시무시한 광량에 눈이 부셔 키리츠구를 처형할 시기를 놓쳤다.

과거에 아이리스필의 일부였던 황금의 성배는, 섬광의 작열에 저항하지 못하고 조용히 형태를 잃고 사라져 갔다. 그 말로를 똑바로 보지 못하고 세이버는 눈을 감았다. 지금, 마지막 희망이 사라졌다. 그녀의 싸움이 끝났다.

그러하다면, 이런 무참한 결말을 어떻게 눈을 뜬 채로 지켜볼 수 있겠는가.

실제로 그녀는 이미 두 번 다시 눈을 뜰 수 없었다. 본인의 의도와는 달리 강제적으로 발동된 세이버의 보구는, 잔존마력 전부를 송두리째 빼앗아 가며 서번트로서의 육체를 유지할 수 있을 만한 여력까지 소비해 버렸던 것이다. 더 이상 세이버에게는 이 세계에 머무를 힘도 없었고 그럴 의사도 없었다. 그리고 물론 계약자인 마스터 역시 그녀를 붙들 의향 따윈 없었다.

검을 내리친 자세 그대로, 세이버의 몸은 현세에서 분리되어 눈 깜짝할 사이에 실체가 소실되어 간다.

현실세계와의 접점을 잃어 가는 동안, 세이버의 뇌리에 스친 최후의 생각은 에미야 키리츠구라는 인물에 대한 수수께끼였다.

딸과 사이좋게 놀고 있던 아버지. 아내가 신뢰한 남편. 구세를 바란 전사. 정의에 절망한 살인자. 수없이 모순되는 인간성을 엿보이면서, 마지막에 그 전부를 배신하고 부정한 남자.

결국 세이버가 그에 대해 확인할 수 있었던 것이라고 한다면, 그 냉혹함과 비정함뿐이었다.

끝내 마지막까지 서로를 이해하지도 신뢰를 구축하지도 못하고… 아니, 오히려 마지막의 마지막에 그녀는 마스터의 진의를 놓치고 말았던 것이다.

하지만 그것도 당연한 일일까.

사라져 가는 의식 속에서 세이버는 자조한다.

단 세 번의 명령을 내릴 때밖에 인연이 없었던 남자에 대해, 대체 무엇을 꿰뚫어 볼 수 있겠는가. 나는 과거에 더욱 가까운 곳에서 시중을 들어 준 자들의 마음조차 간파할 수 없었는데.

모든 것은 '인간의 마음을 모르는 왕' 에게 주어진, 오랜 시간 동안의 완곡한 벌이었는지도 모른다.

× ×

상처 입고, 무엇 하나 보답받지 못한 채로 사라져 간 세이버였지만, 그런 그녀에게 최소한의 구원이 있다고 한다면 그것은 직후에 일어난 참극을 보지 않을 수 있었다는 점일 것이다.

성배를 소멸시킨 '약속된 승리의 검—엑스칼리버' 의 빛은 거기서 멈추지 않고, 업 스테이지의 무대 천장을 날려 버리고 그대로 시민회관을 두 쪽으로 찢으며 관통했다. 이미 불타고 있던 건물은 이 타격에 견디지 못하고 상층의 구조물이 붕괴했다. 지탱하는 것을 잃은 지붕이 홀 안으로 눈사태처럼 밀려든다.

그리고 쏟아지는 돌무더기 속, 키리츠구는 드러난 밤하늘에서 '그것' 을 보았다.

검은 태양. 진흙과의 접촉으로 보았던 심상 속에 존재한 이 세상의 종언의 증거.

끝까지 키리츠구는 이해하지 못했지만, 그 실체는 말 그대로 '구멍' 이었다. 강림의 의식이 이루어지는 제단과 미야마초 서쪽, 엔조잔 지하에 감춰진 '대성배'의 마법진을 연결하는 공간 터널. 60년에 걸쳐 지맥의 마나를 빨아들여 왔고 지금 막 여섯 영령의 혼을 받은 대성배의 안에 가득 찬, 엄청나게 막대한 양의 마력의 소용돌이. 그것이 지금 시커먼 빛깔을 띠고 으르렁거리는 '그것'의 정체였다.

아인츠베른의 호문쿨루스로부터 적출된 '그릇'이란 결국 저 구멍을 열기 위한 열쇠이며, 또한 구멍의 형태를 안정시키기 위한 제어장치에 지나지 않는다. 그것을 몰랐던 키리츠구의 실수는 치명적이었다. 그는 세이버에게 파괴하라고 지시할 대상을 잘못 지정했던 것이다.

'약속된 승리의 검—엑스칼리버'를 써서 불태워 버려야 했던 것은 하늘의 구멍 쪽이었다. '그릇'에 의한 제어를 잃어버린 검은 태양은, 융해를 시작하며 천천히 줄어들어 닫혀 가고 있다. 그렇지만 그것이 완전히 닫히는 사이에 구멍 너머에서 넘쳐흐르는 검은 진흙을 막아 내는 것은 이제 어떤 방법으로도 불가능했다.

원래대로라면 그것은 오로지 이 세상에서 '밖'을 향한 돌파구를 뚫을 목적에만 사용될 무속성無屬性의 힘이었을 것이다. 그러나 과거에 섞여 든 하나의 잘못된 씨앗이, 그것을 전부 남김없이 저주의 칠흑으로 물들이고 있었다.

'이 세상의 모든 악—앙그라 마이뉴'의 저주에 물든 검은 진흙. 모든 생명을 불태워 심판하는 파멸의 힘이 지금 폭포와 같은 노도가 되어 시민회관에 퍼부어진다.

1층 객석에 있던 아처 역시 그 세례에서 도망칠 퇴로 따윈 어디에서도 찾을 수 없었다.

"무…, 무슨…?!"

비말을 일으키며 밀려드는 검은 진흙의 파도에, 황금의 서번트는 어쩔 도리도 없이 쓸려 내려갔다. 아니, 쓸려 내려가는 모습조차도 한순간 뒤에는 남지 않았다. 아처의 몸은 진흙과 닿는 순간에 분해 흡수되어, 실체도 윤곽도 잃은 채로 진흙의 분류와 동화되어 버렸던 것이다.

박스석에 있던 덕분에 그것을 피할 수 있었던 키리츠구는, 쓰나미처럼 홀의 1층 객석을 삼키고 소용돌이치는 검은 진흙을 그저 멍하니 지켜보고 있었다. 하늘에서 내리 쏟아지는 저주의 폭포는 여전히 멈추지 않고, 홀에서 넘친 진흙은 강이 되어 시민회관의 입구 홀을 통해 주위 일대의 시가로 퍼져 나간다.

그리고 살육이 시작되었다.

평온하게 잠든 사람들을 찾아낸 죽음의 진흙이 작열하는 저주가 되어 그 잠자리를 덮친다.

집을 태우고, 정원을 태우고, 잠든 자도 잠에서 깨어 도망치는 자도 가리지 않고 전부 불태우고…. 대성배 안에서 60년을 기다렸던 그것은, 한순간의 해방에 기뻐 날뛰는 것처럼 그 손에 닿은 모든 생명을 닥치는 대로 죽여 나갔다.

이후에 판명된 그 숫자는 약 500명 남짓. 불탄 건물은 134동. 이후에도 끝내 원인이 해명되지 않았던 대재해는, 오랫동안 후유키 시민의 기억에 깊은 상처를 남기게 된다.

곧 하늘의 구멍은 소실되고 진흙의 유출도 두절되었다. 그러나 진흙으로 인해 생긴 화재는 여전히 약해지지 않고 도망 다니는 사람들을 전부 붙잡아서 시커멓게 탄 주검으로 바꿔 간다. 밤을 눈부신 적색으로 물들인 죽음의 연회는 끝나지 않고 끝없이 계속되었다.

무너져 가는 시민회관을 나와, 에미야 키리츠구는 그 모든 것을 지켜보았다.

멸망해 가는 생명의 모습은 그를 악몽 속에서 괴롭히던 광경과 너무나도 유사했다. 그러나 이것은 틀림없는 현실이었다.

× ×

세상이 불타는 꿈을 꾸었다.

두려워 떨면서 소녀는 이불 안에서 눈을 뜬다.

난로의 온기와 빛에 보호받는 침실은 평소와 다름없이 평온했다. 창밖의 얼어붙을 듯한 밤도 결코 침대 위의 소녀를 위협하지는 않는다.

두꺼운 유리 너머로도 밖에서 맹렬하게 으르렁대는 눈보라 소리는 여전히 조용히 스며들어 온다. 불타 죽은 사람들의 우는 소리로 들린 것은 분명 저 소리다.

—왜 그러니? 이리야스필.—

목소리와 함께, 뺨에 자상한 어머니의 손길을 느낀다. 어느 때에도 떨어지지 않고 소녀와 함께 있어 주는 어머니의 목소리. 그 소리와 감촉에 안도한다.

소녀도 그 어머니도, 과거에 '겨울의 성녀' 라고 불린 어느 마술사의 인격을 기반으로 설계된 존재다. 때문에 소녀의 내부에는 항상 어머니가 있다. 이모님이 있다. 멀리 '시작의 유스티차' 까지 거슬러 올라가는 인형들의 계보가 전부 소녀 안에 기록되어 있다.

그래서 혼자 이불을 뒤집어쓰고 자는 밤에도 소녀는 결코 고독하지 않았다. 부르면 언제나 어머니는 목소리를 들려주니까. 모습을 보여 주니까.

"저기요…, 무서운 꿈을 꾸었어요. 이리야가 잔이 되어 버리는 꿈을."

물 흐르는 듯한 고운 은발과 부드러운 붉은 시선에 위로받으면서, 소녀는 더듬거리며 악몽을 이야기한다.

"이리야의 안에요, 아주 커다란 덩어리가 일곱 개나 들어오는 거예요. 이리야는 터져 버릴 것 같아서 아주 무서웠지만, 도망칠 수도 없고…. 그러다가 유스티차 님의 목소리가 들려오더니, 머리 위에 새까맣고 커다란 구멍이 열리고…. 그리고 세상이 불타 버려요. 키리츠구가 그것을 바라보며 울고 있었어요."

그렇다, 꿈속에는 그가 있었다. 먼 이국의 땅에서 지금 힘든 일을 떠맡고 있다는 아버지가.

그것을 떠올린 순간, 조금 전까지의 악몽에 뭔가 불온한 의미가 있는 듯한 기분이 들어서 소녀는 다시 불안해졌다.

"어머니…. 키리츠구는 괜찮을까요? 혼자서 무서워하고 있지 않을까요?"

아버지를 걱정하는 소녀에게, 어머니가 부드러운 미소를 짓는다.

—괜찮아. 그 사람은 이리야를 위해서 노력하고 있어. 우리들의 기도를, 분명히 그 사람은 이뤄 줄 거야. 이제 두 번 다시 이리야가 무서워하지 않아도 되도록.—

"…응, 그러네요. 맞아요."

알고 있다. 그 사람은 지기 싫어하는 욕심쟁이다. 그러니까 분명 중요한 일도 제대로 끝마치고, 이제 곧 이 성으로 돌아올 것이다. 그날이 찾아오기를, 소녀는 손가락을 꼽아 가며 기다리고 있었다. 홀로 자는 침대는 차갑지만, 그래도 어머니가 곁에 있어 준다. 그녀는 고독하지 않다. …언젠가 그 모순에 대해서 올바르게 이해하는 날이 올 때까지는.

언제나 겨울인, 눈에 둘러싸인 성안에서 소녀는 언제까지나 계속 기다린다. 아버지와 나눈 약속을 마음속의 보물로 삼고서.

해가 지는 하늘은 핏빛이었다.

눈앞에 펼쳐진 대지도 핏빛이었다.

그곳에 굴러다니는 모든 주검이, 과거에 한 소녀를 믿고 그녀를 왕으로 모시며 함께 개선가를 불렀던 자들이었다.

그들은 역도들의 계획에 의해 둘로 갈라지고, 서로가 서로의 적으로서 싸우고, 그리고 함께 이 전장에서 스러졌다. 아서 왕의 최후의 땅, 캄란의 언덕 기슭에서.

시간의 저편에서 꾸었던 꿈에서 깨어나 다시 피에 물든 언덕에 쓰러진 알트리아는, 그 황량한 풍경을 넋 놓고 바라본다.

이 결말을 바꾸기 위해서, 그녀는 사후의 혼을 '세계'에 맡기고 기적을 찾아서 여행을 떠났을 터인데.

결코 돌아오지 않겠다고 결심한 장소, 이제 두 번 다시 보지 않으리라고 믿고 있던 풍경 속에 소녀는 지금 다시 무릎을 꿇고 있다.

그러나 이것은 종착이 아니다. 닫혀 있는 고리 안을 도는 과정의 한 점이다.

알트리아라는 영령은 서번트로서의 계약에서 해방된 뒤에도, '영령의 자리'가 아니라 이 캄란의 언덕으로 되돌아온다. 왜냐하면 그녀는 아직 이 장소에서 숨을 거둔다는 운명을 끝내기 직전이기 때문이다.

요컨대 그녀는 현세에서 죽음을 얻고 정식으로 영령이 되어 소환된 서번트가 아니다.

임종을 앞두었을 때에 '세계'와 계약을 해서, 사후의 혼을 수호자로 내놓는 대신에 성배를 손에 넣을 수단을 얻었다. 그것이 알트리아라는 서번트가 꼭두각시가 된 진상이었다.

계약은 성배의 취득을 통해 집행된다. 즉, 알트리아는 성배를 손에 넣지 않는 한, 몇 번이고 이 시간축으로 불려 온다. 영원히, 죽음조차 허락받지 못하고 그녀는 시간의 저편에서 성배를 쟁탈하는 싸움에 계속 동원되는 것이다.

따라서 알트리아의 시간은 죽음 직전에 정지한 채로 움직이지 않는다. 언젠가 그녀가 성배를 쟁취하는 날까지, 캄란의 언덕은 몇 번이라도 그녀 앞에 되돌아온다. 반복하며 영원히, 이 광경은 그녀를 계속 괴롭히게 될 것이다.

우선은 지금 막 그 첫 바퀴를 돈 것에 지나지 않는다.

죽음의 언덕에 남겨진 그녀는, 모든 것이 막 계약을 마친 순간의 상태였다.

뺨은 눈물에 젖고 갑옷의 장갑은 피에 물들었으며, 그 손에 쥔 창은 자기 아들의 심장을 꿰뚫은 채로.

반역자이자 자신의 피를 나눈 비운의 아들 모드레드. 애증 끝에 모든 것을 잃은 그를, 끝내 처치한 그 순간.

이 세상의 것이 아닌 듯한 통곡에 불려 온 '세계'의 의지가, 기적을 찾는 영웅과 계약을 맺은 순간.

그곳은 정지한 상태의 그녀를 영원히 붙잡아 두는 감옥이 되었다.

의미를 잃은 시간 속에서, 영원과 같은 의미의 찰나 속에서, 그녀는 다음 소환을 기다리며 낙일落日에 물든 전장을 바라본다.

어느 때나 그녀는 올바르게 살았다. 긍지를 걸고 그렇게 믿고 있었다. 그럼에도 불구하고 그녀는 이러한 멸망에 이르는 싹을 보지 못하고 있었다. 랜슬롯의, 그리고 귀네비어의 고뇌를 보지 못했던 것과 마찬가지로.

그 미숙함이, 그녀 자신에게 또한 미숙함으로 남아 있는 한… 그것이 알트리아라는 왕의 한계다.

그렇다면 이 캄란 언덕에서 보이는 참상은, 단순한 운명의 변덕이 아니라 알트리아라는 왕의 치세 끝에 있는 필연적인 결말인 것이리라.

"크흑…."

참지 못한 오열이 흘러나온다.

저 멀리 지나가 버린 날의 평원을 떠올린다. 사내들이 실력을 자랑하는 투기장의 떠들썩함에 등을 돌리고, 홀로 바위에 꽂힌 선정選定의 검 앞에 섰던 소녀를.

그때, 그녀는 무엇을 생각했는가.

무엇을 마음에 맹세하고 그 검의 칼자루에 손을 댔는가.

추억은 너무나도 오래되어서, 눈물에 흐려진 눈에는 이미 보이지 않는다.

그렇다면 분명, 속죄해야 할 잘못은 그 시작의 날에 있었던 것이다.

흘러 떨어지는 눈물을, 이미 그녀는 멈추려고 하지 않았다. 시간의 흐름에서 홀로 남겨진 이 장소에서, 그녀가 무엇을 생각하고 어떻게 행동하든 그것이 역사에 기록될 일은 없다. 여기서 그녀가 왕인 척할 필요는 없다. 그렇다면 자신의 약함을 허락해도 좋다. 꼴사나운 모습을 허락해도 상관없다.

그렇게 판단하고서 떠올린다. 달성하고 싶었던 이상을. 구원하고 싶었던 사람들을.

그녀가 왕이었기에 죽어 갔던 모든 것들을.

"…죄송, 합니다…."

통곡에 목이 메면서도 사죄하지 않을 수 없었다. 그 누구에게도 전해지지 않는 목소리임을 알면서, 소녀는 반복해서 참회했다.

"죄송합니다…. 죄송합니다…. 제가, 저 따위가…. 크흑…."

언젠가, 끝없는 싸움 끝에 그녀는 성배를 쥐게 될 것이다. 그때는 반드시, 이미 자명한 죄의 소재를 기적으로써 지워 버리자.

이런 나는, 애초에 왕이 되어서는 안 되었다고.

다음 싸움에 불려 갈 때까지의 영원이자 찰나의 시간. 안식이라는 이름의 고통 속에서, 소녀는 계속 눈물로 사죄한다.

끝나지 않는 벌을 받으며.

다 속죄할 수 없는 죄에 떨면서.

— 03:11:56

…소용돌이친다.

죄가, 이 세상의 악성惡性이, 유전流轉하고 증폭하고 연쇄하고 변전變轉하고 소용돌이친다.

폭식색욕강욕우울분노태만허식오만질투가 돌고 돌며 범犯하고 침侵하고 모독하며 소용돌이친다.

반란죄알선죄공갈죄간음죄훼기죄추요죄협박죄절도죄도주죄무고죄방화죄모욕죄불경죄여도죄유괴죄매수죄낙태죄자살관여죄도박죄사체유기죄내란선동죄유기죄위증죄장물죄약취유괴죄폭행죄모두전부모조리당연히죽을죄극형에처해라원망해라미워해라거절하고부정하며죽여라죽여라죽여라허용하지말고죽여라죽여라죽여라인정하지말고죽여라죽여라죽여라죽여라아니좋다죽여라죽여라죽여라시인하고죽여라죽여라허락하고죽여라아니아니무엇을재미없게계속죽여라죽여라하는거냐한가지밖에모르는바보같아서지루하다그정도가뭐가대수라고….

「——?!」

저주의 목소리의 소용돌이가 응어리진다. 그곳에 있을 리 없을 존재를 인식한다. 모든 것을 짓눌러 으깨는 부정 속에서, 드높이 '긍정'을 주장하는 목소리가 있다.

있을 수 없다. 이 원한과 저주의 소용돌이 속에서 시인是認과 긍정 따윈 있을 수 없다. 왜냐하면 삼라만상 전부를 남김없이 증오하고 악하다고 보고 추하다고 판단하기에 제정신은 없고 수용은 없고 그 무게를 견뎌 낼 수 있을 리도 없으니….

하지만 그렇다, 라고 당당하게 선언하는 목소리가 있다.

그렇다. 원래부터 세상은 그렇게 존재한다. 그런 의연한 사실을 앞에 두고 무엇을 한탄하지? 무엇에 놀라지?

「——?!」

저주의 목소리는 묻는다.

무엇으로 긍정하지?

누가 인정하지? 누가 허락하지? 누가 이 악에 책임을 지우지?

그러한, 어둠의 모든 질량을 건 규탄에, 윤기 흐르는 커다란 웃음이 답한다.

우문이로군. 물을 것도 없다.

왕이 인정하고 왕이 허락한다. 왕이 세상 본연의 모습 전부를 짊어진다.

「——?!」

진흙은 묻는다. 왕은 누구냐고.

그리고 묻고 나서 모순을 깨닫는다.

'개체個體' 의 존속 따윈 결코 허락되지 않는 이 장소에서, 진흙은 자신 안의 타자他者를 인정해 버렸다. 있을 리 없을 이물異物을 품고 말았다.

그것이 왕. 즉 원초의 절대자. 천상천하의 유일존재.

그자의 이름은… '영웅왕' 길가메시.

"즉, 다름 아닌 나다!"

검은 진흙이 비말을 흩뿌리며 파열한다. 자신이 지닌 원한의 총량으로도 끝내 소화해 내지 못했던 이물. 그 압도적인 자아의 형태를 도로 토해 낸다.

그리고 불타오르는 폐허 속에서, 그는 다시 대지에 섰다.

황금비의 균형을 갖춘 완벽한 육체는, 이미 서번트로서의 영체가 아니라 현세의 살로 이루어진 진정한 실체다. 모든 생명을 부정하는 진흙이 자기 안에 섞여 든 불순물을 결정화시켜 파기한 결과, 저 영령은 끝내 육신을 얻어 현세에 귀환한 것이다.

작열지옥의 한복판에서도 화염조차 주위에 다가오지 못하게 하는 왕으로서의 위풍을 발하며, 길가메시는 조각상 같은 나신을 당당히 드러낸 채로 자못 귀찮다는 듯이 코웃음을 쳤다.

"…저러한 물건을 원망기라고 기대하고 쟁탈했다니. 이번의 촌극은 정말이지 끝까지 구제가 되지 않는 전말이었나."

그러나 이것은 이것대로 나쁘지 않다. 뜻밖에 얻은 새로운 육체를 분석하고, 그 감촉에 영웅왕은 만족한다.

"다시 이 시대에 군림해서 지상을 다스리라는 하늘의 뜻인가…. 흥, 또 상당히 시시한 시련을 부과받았군. 뭐, 좋다. 화가 나지만 받아들이도록 하지."

아무리 번거로워도 그것이 신들로부터의 도전이라면 등을 돌릴 수도 없다. 영웅왕인 자신의 인과에, 길가메시는 새삼 쓴웃음을 지었다.

깊은 어둠을 빠져나와, 코토미네 키레이는 정신을 차렸다.

우선 처음에 느낀 것은 열기. 이어서 사람의 기름이 타는 냄새. 눈을 뜨고 바라본 주위는 하늘을 태울 듯한 화염에 휩쓸리고 있었다.

"여기는…."

또다시 그 진흙에 닿아서 성배 안의 심상세계에 들어온 것인가 하고 의심했다. 그러나 바로 곁에서 그를 지켜보는 나신의 남자의 존재를 깨닫고 그 가능성을 부정한다.

"길가메시…. 무슨 일이 있었지?"

"정말 성가신 남자로군. 돌무더기 아래에서 너를 꺼내는 것은 상당히 힘들었다."

망양하게 흐려진 사고를 집중해서 전후 상황을 파악하려고 한다. 마지막에 남은 기억은 시민회관의 대도구 창고. 무릎을 꿇은 채로 등 뒤에서 총을 맞았다. 어떻게 생각해도 즉사였을 것이다.

사제복의 가슴을 찢어서 총탄이 꿰뚫었을 장소를 살펴본다. 한순간 검은 진흙의 자국이 눈에 새겨진다.

"……?"

기분 탓이었다. 가슴에는 상처 하나 없다. 심장 위에 손을 대 본다.

고동이, 없다.

"…나에게 무슨 치료를 한 건가? 길가메시."

"글쎄, 과연 어떨까? 보기에는 **죽어 있는** 상태 같지만, 너는 나와 계약으로 연결되어 있었어. 내가 저 진흙으로 육신을 얻는 순간에, 너는 너대로 어떠한 부조리에 사로잡혔는지도 모른다."

결과적으로 길가메시를 침식하지 못했던 검은 진흙은, 서번트로서 마스터와 연결되어 있던 마력공급의 패스를 거슬러 올라가서 코토미네 키레이의 육체에까지 도달했던 것이다. 그리고 심장을 대신하는 생명력의 공급원이 되어 키레이의 부상을 치유하고 소생시켰다.

즉 지금의 키레이는 사실상 '이 세상의 모든 악—앙그라 마이뉴'의 마력 제공으로 목숨을 부지하고 있는 것이나 같은 상태였다.

"모든 서번트가 소멸하고 남은 것은 나 하나다. 이 의미를 알겠나? 키레이."

"……."

아직 사고가 또렷하지 않은 상태로 키레이는 길가메시의 붉은 두 눈동자를 응시한다.

"성배를 얻은 것은 우리들이다. 그러니 그 결과를 괄목해서 보는 게 좋을 것이야. 성배가 진정으로 승자의 소망을 헤아려서 성취시킨다면 이 경치야말로 코토미네 키레이, 네가 바라던 것이다."

홍련의 지옥. 바람에 운반되는 아비규환의 목소리. 춤추는 화염의 벽을, 키레이는 찬찬히 응시한다.

"이것이… 나의, 소망?"

그렇다. 지금 가슴속의 공허함을 메워 가는 것을 '만족감'이라 부른다면.

"이 파멸이, 한탄이… 나의 유열이라고?"

그렇다. 지금 가슴속에서 고동치는 고양을 '환희'라고 부른다면.

그리고 드디어 코토미네 키레이는 자신이 지닌 혼의 정체를 깨닫는다.

무너져 가는 것의 아름다움.

괴로워 몸부림치는 자의 사랑스러움.

귀에 전해지는 비명의 유쾌함. 불에 타 뒤틀린 시체의 우스꽝스러움.

"…하핫."

끓어오르는 감정을 억누를 수 없다. 절망과 함께 커다란 웃음이 터져 나온다.

이 얼마나 사악한가. 이 얼마나 잔인한가.

신의 사랑으로부터 벗어난 길이, 이 정도로 화려한 기쁨에 가득 차 있었다니.

"뭐지? 하하핫. 뭐지, 나는?!"

이미 자신의 마음을 도려내는 절망까지도 달콤하고 기분 좋게 와 닿는다. 그치지 않는 웃음에 온몸이 떨린다. 손발의 끝에서 머리끝까지, 또렷하게 선명히 의식한다.

아아, 지금 나는 살아 있다.

확고한 실제 존재로서, 여기에 있다.

처음으로 알았다. 처음으로 실감했다. 자신과 세계와의 연결을.

"이렇게 일그러진 존재가? 이런 오물이? 하필이면 코토미네 리세이의 씨에서 태어났다고? 하하하핫, 말도 안 돼! 있을 리 없는 일이잖아? 뭐냐고, 그건?! 내 아버지는 개라도 임신시켰단 말인가?!"

자신이 정진하던 곳과는 너무나 반대의 장소에서 발견된 진리. 그 얄궂음이 통쾌해서 견딜 수가 없다.

이 얼마나 바보처럼 멀리 돌고 있었는가. 덧없는 꿈을 꾸고 있었는가.

선한 것을 소중하다고, 성스러운 것을 아름답다고, 그것을 진리라고 의심치 않았던 만큼, 키레이는 20년 남짓한 인생을 시궁창에 버려 왔던 것이다. 자신 안에 숨어 있는 본성이 전혀 다른 방식으로 세상을 보아 왔음을 깨닫지도 못하고.

"…채워졌는가? 키레이여."

웃다 지쳐 숨을 헐떡이면서도 여전히 배를 감싸고 있는 신부에게, 길가메시가 부드럽게 묻는다.

"아니, 아직이야. 이걸로는 부족해."

격정에 휩쓸린 나머지 배어 나온 눈물을 닦으며, 키레이는 고개를 저었다.

"확실히 나는 이제껏 질문해 왔던 인생에 간신히 답을 얻었다. 커다란 진전이라 할 수 있지.

그런데 말이야. 이것으로는 아무런 해결도 되지 않아. 문제가 풀리는 과정을, 중간 단계를 생략하고 갑자기 답만을 던져 줬어. 이래 놓고 대체 무엇을 어떻게 납득하라는 거지?"

신이 만물의 조물주라면, 모든 혼에게 '기분 좋아지는 것' 이야말로 진리일 것이다. 도덕이란 그것을 추구하는 지혜일 것이다.

그렇지만 여기에 도덕의 가르침과는 정반대의 환희를 얻은 혼이 실존한다. 다름 아닌 자기 자신이 그렇다고, 키레이는 지금 막 확신했다.

그것은 선악의 정의, 진리의 소재를 뒤흔드는 모순이다. 내버려 둘 수 있을 리 없다.

"이런 괴이한 해답을 도출한 방정식이, 어딘가에 반드시 명쾌한 이치로 존재할 거야. 아니, 없어서는 안 돼. 그것이 대체 어떠한 것인지… 물어야만 해. 찾아야만 해. 이 목숨을 다 써서라도, 나는 그것을 이해해야만 해."

배가 뒤틀릴 정도로 웃고 또 웃고 난 뒤에도, 미소의 잔재는 키레이의 얼굴에 달라붙은 채로 남았다. 아마도 그 표정은 이후로 그의 얼굴에 늘 자리 잡게 될 것이다. 그것은 자신과 세계의 모습을 받아들이고, 그것을 긍정한 자만이 지을 수 있는 여유로운 깨달음의 미소였다. 코토미네 키레이의 이 새로운 모습을, 길가메시는 긍정했다.

"정말이지 질리지 않는 녀석이로군…. 그래, 그걸로 됐다. 구도求道를 향한 네놈의 끝없는 질문은 신조차도 거꾸러뜨리겠지. 그 길, 이 길가메시가 지켜봐 주마."

키레이가 다시 한 번 주위를 둘러보며, 성배에 의해 초래된 극상의 경치를 만끽한다.

도시의 한 구획을 통째로 화염에 휩싸이게 만든 검은 진흙의 탁류도, 아마 대성배 안에 남아 있는 총량에 비하면 단 한 방울에 지나지 않을 것이다. 그 전부가 남김없이 해방된 날에는, 어느 정도의 지옥이 구현될지 상상도 가지 않는다.

그렇다. 그 존재도 역시 키레이와 마찬가지로 윤리의 이치에 도전하는 것이다. 지금 와서 생각하면 아직 명확하지 않은 꿈으로서 그 존재를 환시했던 그때에도, 키레이의 가슴에는 기대가 있었다. 저러한 '것'이 정말로 탄생하고 그 실존을 증명할 수 있다면, 윤리의 물음에 전혀 다른 가능성이 개척되는 것은 아닐까 하고.

"이 세상의 모든 악—앙그라 마이뉴."

동경하듯 애타는 감정을 담아, 키레이는 그 이름을 입 밖에 낸다.

언젠가 다시 이르러야만 한다. 그리고 다음번에야말로 지켜봐야만 한다. 그 탄생을, 그 존재가치를.

…문득, 흔들리는 화염의 장막 너머로 키레이는 사람의 모습을 보았다.

헤지고 불에 그을린 롱코트를 화염에 펄럭이면서, 그 인물은 몽유병자 같은 불안한 발걸음으로 불타는 거리를 비틀비틀 방황하며 걷고 있다.

에미야 키리츠구였다. 어떠한 경위인지는 알 수 없지만, 세이버를 잃고서도 그는 이 대화재 속에서 살아남은 듯했다.

패기 없는 걸음과는 반대로 끊임없이 주위를 둘러보는 몸짓만은 소름끼칠 정도로 필사적이라, 그 모습은 마치 작열지옥을 배회하는 불쌍한 망자 같았다. 불길에 둘러싸여 타 죽는 것도 두려워하지 않고 뭔가를 계속 찾는 눈치였다.

설마 키레이를 죽이지 못했다는 것을 알고, 이런 상황에서도 추적해 온 것인가….

그런 생각을 하고 있는데, 시선이 마주쳤다. 공허한 동굴 같은 시선을 키레이는 똑똑히 정면에서 받았다.

'그래, 어디 한번 해보자….'

오른손과 왼쪽 다리의 상처는 그대로이지만, 지금이라면 질 것 같지 않았다. 의도치 못한 지난번의 결판을 다시 한 번 떠올린다. 빚은 갚지 않으면 속이 풀리지 않는다.

그렇지만 그런 키레이의 패기는 배신당했다. 차분함을 잃은 키리츠구의 시선은 키레이를 간단히 지나쳐 가고, 그는 그대로 아무 일도 없었다는 듯이 계속해서 조급하게 이쪽저쪽을 돌아보며 정처 없이 걸어서 떠나갔다.

"……."

흥분해서 들떠 올랐던 기분이, 문득 깨닫고 보니 어째서인지

형용할 수 없을 정도로 씁쓸했다.

"응? 왜 그러지, 키레이?"

아무래도 길가메시는 지금 키레이가 지켜본 인물의 모습을 깨닫지 못한 듯했다. 키레이는 말없이 고개를 저어서, 영웅왕의 질문을 적당히 넘겼다.

에미야 키리츠구의 상태는 명백히 기묘했다. 예전의 날카로운 눈빛은 흔적도 없고, 마치 공허한 동굴 같은 눈을 하고 있었다. 저렇게나 정신이 딴 데 가 있는 모습으로는, 분명히 시야 안에 있는 것조차 만족스럽게 인식할 수 없었을 것이다. 키레이와 눈이 마주쳤다는 것조차 깨닫지 못했을지도 모른다.

저 남자는 이미 보이는 그대로의 빈껍데기다. 이제 와서는 상대할 만한 가치도 없다. 타인을 구한다고 큰소리쳤으면서도 이런 대재해를 불러들인 키리츠구야말로 진정한 의미에서 패잔병이다. 분명히 최소한의 속죄라도 하고자 생존자를 찾고 있는 것이었으리라. 그야말로 정말 어리석기 짝이 없는 짓이었다. 저 상태로는 녀석 자신이 얼마 안 있어 연기에 휩싸여 죽을 것이다. 딱히 신경 쓸 것도 없는, 지금 와서는 아무런 의미도 없는 존재다.

…그렇게 판단하고 자신을 이해시켰지만, 여전히 키레이의 가슴 안에는 씻을 수 없는 응어리가 남았다.

설령 빈껍데기로 변해 있더라도, 단순한 잔해였다고 해도.

그래도 **저** 에미야 키리츠구가 코토미네 키레이를 인식하지 못한 채 떠나갔다는 사실에는, 말하기 힘든 굴욕감이 느껴졌다.

— 01:03:14

부서진 기계가 조용히 기능을 정지하지 않고, 예상 밖의 우연으로 계속 가동하는 경우가 드물게 있다.

카리야가 미야마초의 마토 저택까지 돌아올 수 있었던 것은, 요컨대 그러한 희귀한 케이스 중 하나였다.

최근 수개월간, 카리야의 육체 자체는 사실상 위독한 상태였으며 각인충의 정제된 마력에 의해 억지로 구동되고 있던 것에 지나지 않는다. 그 각인충이 버서커의 폭주에 따른 한도를 넘어선 마력제공에 의해 사멸한 이상, 카리야의 몸은 꼼짝할 수 없는 상태로 빠르게 생명활동을 정지했어야 했다.

그럼에도 불구하고 카리야는 기계실에서 일어나서 무너져 가는 시민회관을 빠져나왔으며, 불타는 거리를 걸어서 후유키 시를 횡단한다는 긴 밤길을 답파했다. 그것은 성배 같은 것에 의지하지 않은 하나의 기적이 성취된 것이라 할 수 있었다.

그러나 그 기적을 이해하는 것도, 엄청난 행운에 감사하는 것도 지금의 카리야에게는 불가능했다.

이미 시간감각을 상실하고 있었다. 인과의 맥락을 상실하고 있었다. 무엇을 어떻게 해서 오늘 밤의 싸움을 헤쳐 나왔는지, 그 기억조차 모호했다. 부서진 몸에 뒤지지 않을 정도로 정신 역시 전부 마모되어 있었던 것이다. 그저 '사쿠라를 구한다' 라는 일념만이 카리야를 여기까지 데리고 왔다.

낯익은, 썩은 내에 가득 찬 어둠이 내려다보이는 계단에 도착하고서 카리야는 안도하고 스스로 갈채하며 한숨을 내쉰다.

이 계단을 내려가면 벌레창고의 어둠 깊숙한 곳에 사쿠라가 있다. 앞으로 조금만 더, 조금만 더 가면 도착한다.

아니나 다를까, 아무도 방해하지는 않았다. 각인충을 통해 카리야의 동향을 감시하고 있던 조켄은, 카리야가 신도심에서의 결전에서 사망한 것으로 믿고 있는 것이 틀림없다. 그 늙은 괴물을 따돌릴 찬스를 호시탐탐 노리고 있던 카리야가 지금 이 타이밍을 놓칠 리 없었다. 이미 카리야의 안에 벌레는 없다. 그것은 버서커에게 잡아먹혔다. 카리야보다 먼저 쓰러졌다. 카리야가 벌레에 이긴 것이다.

그러니까 지금이라면, 지금이라면 분명히 잡혀 있는 사쿠라를 구출해서 도망칠 수 있다.

카리야는 계단을 내려간다. 걷고 있는 것인지, 기고 있는 것인지, 구르고 있는 것인지도 확실치 않지만 어쨌든 어둠 속으로 내려간다. 끼이, 끼이, 술렁이는 벌레 놈들의 소리가 들린다. 예상치 못한 침입자에 놀라서 성내고 있다. 서둘러야 한다. 조켄에게 들키기 전에 서둘러야 한다.

술렁술렁하며 꿈틀거리는 어둠 깊은 곳에 작은 소녀의 윤곽이 보인다. 오늘 밤도 역시 평소처럼 벌레 놈들에게 범해지고 좀먹히고 있는 사쿠라. 허공에 방황하는 그 텅 빈 시선이, 다가온 카리야에게 퍼뜩 초점을 맞춘다.

"…아저씨…?"

"사쿠라, 구하러 왔어. 이젠, 괜찮아…."

이 말을 할 수 있는 날을 얼마나 고대해 왔던가.

이제 너에게 절망은 필요 없어. 이제 너에게 체념은 필요 없어. 악몽은 이것으로 끝, 두 번 다시 찾아오지 않아.

소녀의 부드러운 살을 파고들어 있던 수갑과 족쇄를 벗긴다. 자. 가자, 사쿠라. 너의 미래를 되찾자.

카리야는 사쿠라와 손을 맞잡고 벌레창고를 나온다. 몰래 누구에게도 들키지 않고, 밤의 미야마초를 빠져나온다. 아오이와 린은 옆 마을에서 기다리고 있었다. 그리운 센조 저택 정원에서, 어머니와 자매들은 재회를 이룬다. 기뻐하며 웃는 세 사람을 데리고, 카리야는 여행을 떠난다. 누구에게도 들키지 않을 장소로. 누구에게도 방해받지 않는 장소로. 그리하여 즐겁기만 한 시간이 지나간다. 언젠가 약속한 대로, 모두 모여 행복하게 놀고 있다. 꽃밭을 달려가며 장난치는 사쿠라와 린을, 아오이가 웃는 얼굴로 지켜보고 있다. 사쿠라가 열심히 토끼풀을 모으고, 린이 그것을 엮고 있다. 완성된 꽃관은 '아버지'에게 주는 선물이라고, 두 사람은 그렇게 말하고는 수줍어하면서 카리야에게 그것을 씌

운다. 똑같은 꽃관을 쓴 아오이가 미소 지으며 카리야의 손을 쥔다. 아아, 고마워. 웃으면서, 울면서, 카리야는 사랑스러운 사람들을 끌어안는다. 아버지는 행복해. 이런 아내와 딸들에게 둘러싸여서, 이 세상 누구보다도 행복해. 그러니까 후회 따윈 없어. 목숨을 걸었던 보람이 있었어. 아픔도 괴로움도 보상받았어. 원했던 것은 전부 손에 넣었어….

× ×

벌레창고의 차가운 어둠 속에서, 사쿠라는 눈앞에 굴러다니고 있는 남자의 시체를 지켜보고 있었다. 그 남자는 마지막의 마지막까지 뭔가 잘 알 수 없는 잠꼬대 같은 말을 중얼거리면서, 어째서인지 만족한 듯한 웃는 얼굴을 남기고 죽어 갔다.

영문을 알 수 없었다. 어째서 이 남자는 이곳으로 돌아온 것일까? 어째서 이런 불쌍한 모습이 되면서까지 살아 있던 것일까?

사쿠라는 아무것도 알 수 없었지만, 그래도 그가 어째서 괴로워하고 어째서 죽었는가 하는 것은 똑똑히 이해할 수 있다.

…할아버님에게 거역했기 때문이야.

그런 것은 마키리 가의 사람이라면 누구라도 알 수 있을 텐데.

어째서인지 이 사람만은 어른이면서도 아주 어리석고 이해력이 나빴다.

어째서일까. 어째서 이 사람은 이렇게 무의미하게 죽은 것일까.

잠시 생각에 잠긴 끝에… 아아, 그렇구나, 하고 사쿠라는 이해했다.

분명히 이것은 오늘 밤의 수업이다.

할아버님에게 거역하고 쓸데없는 생각을 하면 어떻게 되는가. 그 실제 사례를 사쿠라에게 보여 주기 위해서 이 사람은 이곳에서 죽어 간 것이다.

네, 잘 알았습니다. 할아버지.

소녀는 고분고분하게 끄덕이고, 몰려든 창고의 벌레들에 의해 남자의 시체가 서서히 작아지며 사라져 가는 모습을 마지막까지 지켜보며 눈에 새겼다.

00:00:00

…정신이 들고 보니, 타 버린 벌판에 있었다.

커다란 화재가 일어났던 것이리라.

낯익은 마을은 온통 폐허로 변해 있어서 영화에서 나오는 전쟁터 같았다.

날이 밝아 올 무렵, 불의 기세는 약해졌다.

그렇게나 높았던 화염의 벽은 낮아지고 대부분의 건물은 무너졌다.

…그런 가운데, 원형을 유지하고 있는 것이 자신뿐이라는 것은 이상한 기분이었다.

이 부근에서 살아 있는 것은 나 하나뿐.

상당히 운이 좋았던 것일까, 아니면 운이 좋은 장소에 집이 세워져 있던 것일까.

어느 쪽인지는 알 수 없지만, 어쨌든 자신만이 살아 있었다.

살아남았다면 살아야 한다, 라고 생각했다.

마냥 이곳에 있으면 위험하다며 정처 없이 걷기 시작했다.

주위에 굴러다니고 있는 사람들처럼 숯덩이가 되는 것이 싫었기 때문은 아니다.

…분명히 저렇게는 되고 싶지 않다는 기분보다.

더욱 강한 감정에 마음이 묶여 있었기 때문일 것이다.

그래도 희망 따윈 갖지 않았다.

지금까지 살아 있던 것이 신기할 정도이니, 이대로 목숨을 건질 수 있을 것이라고는 생각하지 않았다.

아마도 살아남지 못할 것이다.

무엇을 하더라도 이 붉은 세계에서 빠져나갈 수 없을 것이다.

어린아이가 그렇게 이해할 정도로 그곳은 절대적인 지옥이었던 것이다.

그리고 쓰러졌다.

산소가 없었던 것일까, 산소를 흡수할 기능이 전부 상실되었던 것일까.

어쨌든 쓰러지고, 흐려지기 시작한 하늘을 올려다보고 있었다.

주위에는 검게 타서 쪼그라들어 버린 사람들의 모습이 있다.

어두운 구름은 하늘을 덮고, 이제 곧 비가 내릴 것이라고 알려주었다.

…그렇다면 좋다. 비가 오면 화재도 끝난다.

마지막으로 깊이 숨을 내쉬고, 비구름을 올려다보았다.

숨도 쉴 수 없으면서도, 그저 '괴롭구나' 하고.

이제 그런 말조차 할 수 없는 사람들을 대신해서, 솔직한 마음을 입 밖에 냈다.

너무나 괴로워서, 살아 있는 것조차 괴로워서 차라리 사라져 버리면 편해질 수 있을 거라는 생각까지 했다.

몽롱한 의식으로, 의미도 없이 손을 뻗었다.

도움을 청하며 손을 뻗었던 것은 아니다.

그저 하늘이 멀구나, 하고.

마지막에 그런 생각을 했던 것뿐이다.

그리하여 의식은 사라져 가고, 들어 올린 손이 툭 하고 지면에 떨어졌다.

…아니.

떨어졌어야 했다.

힘없이 가라앉는 손을 쥔, 커다란 손.

…그 얼굴을 기억하고 있다.

눈에 눈물을 글썽이며, 살아 있는 인간을 발견했다며 진심으로 기뻐하고 있는 남자의 모습.

…그것이, 너무나도 기뻐 보였으니까.

마치, 구원받은 것은 내가 아니라 남자 쪽이 아닐까 하고 생각할 정도로.

그리하여.

죽음 직전에 있는 자신을 부러워하는 게 아닐까 생각될 정도로, 남자는 뭔가에 감사하는 것처럼 "고마워."라고 말했다.

찾을 수 있어서 다행이라고.

한 사람이라도 구해 낼 수 있어서 구원받았다고, 누군가에게 감사하는 것처럼 더할 나위 없이 행복한 웃음을 흘렸다.

에필로그

다음 날

채널은 어느 곳이나 어젯밤 후유키 신도심에서 발생한 대화재에 관한 뉴스로 가득 차 있었다.

맥켄지 가의 아침 식탁도 역시나 오늘만큼은 침울한 분위기가 될 수밖에 없었다.

테이블에 둘러앉은 사람의 숫자가 갑자기 한 명 줄었던 것도 컸다. 요 며칠간, 이 집에 기거했던 덩치 큰 손님이 급한 용무로 어제 귀국했던 것이다. 연일 계속된 대접에 대한 감사와 작별도 고하지 못하고 떠난 실례에 대한 사죄는, 웨이버를 통해서 전해졌다.

"알렉세이 씨는 무사히 영국에 도착했으려나…."

걱정스러운 얼굴로 말하는 마사 부인에게 웨이버는 싹싹하게 끄덕였다.

"새벽에 히스로 공항에서 전화를 했더라고요. 시차를 생각하면서 전화했으면 좋겠어요, 진짜."

곧바로 나온 거짓말에도 마음은 흔들리지 않았다. 스스로 보기에도 참 낯이 두꺼워졌다며, 웨이버는 속으로 자신에게 기가 막혔다.

"어머, 전화가? 몰랐구나. 호호, 하지만 그 사람답지 않니?"

쿡 하고 웃으면서 끄덕인 뒤에 텔레비전 영상으로 눈을 돌린 부인의 표정은 다시금 어두워졌다.

"…아쉽지만 요즘에 이렇게 뒤숭숭한 일들만 일어나니, 오히려 잘 되지 않았나 싶구나. 마음 편히 관광을 하고 싶다면 나중에 다시 오는 편이 좋을지도 모르지."

"……."

현장에서 중계되는 무참하게 불타 버린 벌판의 광경을, 웨이버는 부끄러운 마음으로 바라본다.

후유키 시민회관 근처를 덮친 대참사는 틀림없이 성배전쟁의 여파에 의한 것이다. 남아 있는 마스터와 서번트 중 대체 누가 이런 끔찍한 짓을 저질렀는지는 알 수 없다. 하지만 만일 자신과 라이더가 마지막까지 싸움의 자리에 남아 있었더라면, 막을 수 있었을지도 모르는 사태라고 생각하니 역시 견딜 수 없는 후회가 남았다.

하지만 이제 이 이후의 비극은 없을 것이다. 최악의 형태로 막이 내려지긴 했지만, 후유키의 밤을 위협하는 괴이현상은 오늘 이후로는 벌어지지 않는다. 무고한 사람들에게까지 많은 희생을 강요했던 제4차 성배전쟁은 어젯밤으로 틀림없이 종언을 맞이했다.

그 격렬함을 돌이켜 보고, 새삼 자신이 아직 살아 있다는 기적을 뼈저리게 느낀다.

“…저기, 할아버지, 할머니. 잠시 의논할 게 있는데요.”

얌전한 목소리로 웨이버가 말을 꺼내자, 두 사람은 커피를 홀짝이던 손을 멈췄다.

“왜 그러니? 새삼스럽게.”

“저기, 사실은요…. 한동안 휴학할까 해서요. 물론 토론토의 아버지하고도 의논은 했지만. 학교 공부보다도 다른 일에 시간을 쓰고 싶어서요.”

“호오.”

“어머나.”

손자의 뜻밖의 발언에 노부부는 눈을 휘둥그렇게 떴다.

“하지만 왜 또 갑자기…. 혹시 학교가 싫어졌니?”

“아뇨, 그런 건 아니에요. 다만, 지금까지 공부 말고는 다른 일에 제대로 흥미를 가져 본 적이 없었던 게 조금 후회가 되더라고요. 그래서 여행을 한번 해 볼까 해요. 바깥세상을 구경하며 돌아다니고 싶어요. 앞으로의 일을 결정하기 전에, 좀 더 다양한 것을 알아 두고 싶어요.”

“어머나….”

부인은 어쩐지 기쁜 듯이 가슴 앞에 두 손을 모으고, 명랑하게 미소 지었다.

“저기. 들었어요, 글렌? 우리 웨이버가 갑자기 알렉세이 씨 같은 소릴 하네요.”

그런 평가를 받는 것이 조금 기쁘고, 또 아주 조금 쓸쓸해서 웨이버는 쓴웃음을 지었다.

"어쨌든 여러 가지로 준비라고 할까, 자금도 필요하니까 우선은 아르바이트라도 시작할까 해요. …그래서 여기부터가 본론인데, 이 후유키에서 영어밖에 할 줄 몰라도 일할 만한 곳이 없을까요?"

흐음, 하고 글렌 노인이 생각에 잠긴 얼굴로 팔짱을 끼었다.

"으음. 뭐, 이 도시는 일본치고는 유별나게 외국인 거주자도 많으니까. 내가 아는 사람 쪽을 통해서 부탁하면 꽤 여러 곳을 알아볼 수 있을 게다."

"얘, 웨이버. 그러면 혹시 한동안 일본에 있을 거니?"

눈에 보일 정도로 표정이 밝아진 마사 부인에게, 웨이버는 고개를 끄덕였다.

"네, 만약 상관없다면… 목표가 생길 때까지 이 집에서 신세를 져도 괜찮을까요?"

"물론이고말고!"

마치 덩실거릴 듯 기뻐하며 부인이 손뼉을 친다. 그런 아내 옆에서 글렌 노인은 진지한 얼굴로 웨이버만 이해할 수 있는 작은 눈인사를 보내 왔다. 웨이버 역시 가볍게 어깨를 으쓱거리며 수줍게나마 윙크를 해 보였다.

자기 방에 돌아와서 혼자가 된 웨이버는 아침 햇살에 씻기는 실내를 다시 한 번 둘러본다.

11일…. 그만한 시간이 지나면 어찌하더라도 사는 사람의 성격이 방에 스며들기 마련이다.

읽던 잡지. 먹고 남긴 센베 봉투. 여기저기에 굴러다니는 빈 와인 병.

예전에 이 방에서 자고, 먹고 마셨던 또 한 명의 인간의 흔적. 웨이버의 것이 아닌 색채.

유령이라든가 사역마라든가 하는 그런 고정관념을 떠올릴 때마다 기가 막힌다. 말도 안 되는 소리다. 단순한 영혼 따위가 어떡해야 이렇게나 강렬한 '색'을 남길 수 있다는 것인가.

더 이상 이 '색'이 방을 물들여 가는 일은 두 번 다시 없다.

이곳은 이제부터 웨이버 혼자 생활하고, 웨이버 한 사람의 인격에 물들어 간다. 옛 색은 그 위에 덧칠되어 간다. 그것은 어쩔 수 없는 일이다.

아깝다든가 허전하다고 생각한다면, 하다못해 덧칠하는 색을 조금이라도 밝고 화려한 것으로 고를 수밖에 없다. 누구보다도 화려했던 그의 색을 흐리게 만들지 않기 위해.

침대에 걸터앉아서 배낭에 들어 있던 하드커버의 『일리아스』를 꺼낸다.

단 11일 사이에 거무스름해질 정도로 손때가 탄 페이지. 몇 번을 되풀이해서 읽었는지 모를 그 책을 바라보며, 늘 즐거운 듯 히죽거리던 거한의 얼굴을 떠올린다. 영웅 아킬레우스의 모험에 기뻐하며 가슴 설레다가, 그 용맹한 모습에 스스로 도전하여 끝내 자신의 생애까지도 전설로 만들어 버린 남자.

그런 남자가 곁에 있었던 것이다. 그런 남자와 함께 지내고, 싸웠다.

꿈꾸었던 경치는 망상이었다니, 어떻게 그런 허풍을 떨었던 것일까. 마지막의 마지막 순간에 그렇게나 기쁜 듯이 달려 나갔으면서….

부러웠던 것은 사실이다. 데리고 가 줬으면 한다는 생각까지 했다.

그런데도 그는 웨이버를 놓고 갔다. 웨이버에게 신하가 되길 청하고 그 대답을 들은 직후에, 그런 결정을 내렸다. 그때 웨이버의 대답이 달랐더라면, 또 다른 결정이 있었을까.

'뭐가 신하야, 멍청한 녀석! 하지만 너는 친구니까, 마지막까지 싸우겠다면 따라가 줄 수도 있어.'

예를 들면 그런 식으로, 어디까지나 대등하게 물고 늘어질 만한 고집이 있었더라면 그 남자는 역시 기분 좋게 웃으며 어쩌면 마지막까지 웨이버도 함께 애마에 태워 주었을지도 모를 일이다.

"…요컨대 한참 '부족하다' 라는 이야기지, 나는."

그렇게 혼잣말을 하고서 탄식한다. 결국 그 남자와 나란히 서기에는 한참 부족했던 것이다. 중요한 상황에서 그것이 드러나 버렸다. 분하고 또 아쉽다. 자존심만은 남들의 배라고 자부하고 있었는데.

하지만 초조해할 것은 없다. 웨이버는 아직 그 대왕이 여행을 시작한 나이에도 이르지 않았다. 예전에 그 남자가 크게 놀라고 가슴 설레며 도전했던 수많은 모험들은, 지금도 분명히 세계 여기저기에 남아 있다. 그것을 찾아서 여행을 떠나자. 언젠가는 이런 나도 어딘가에서 먼 바다를 발견할 수 있을지 모른다.

…문득 방 한구석에, 잊고 있던 큼직한 종이봉지가 눈에 들어왔다.

그러고 보니 그 녀석, 그렇게나 신바람을 내며 사 놓고, 결국 포장도 풀지 않았네.

웨이버는 봉지를 열고 손대지 않은 채로 남아 있던 게임기와 소프트를 꺼냈다. 일부러 컨트롤러를 하나 더 구입했었다. 꼴사납게도 눈두덩이 뜨거워졌지만, 참았다.

"…나는 말이지, 이런 시시한 장난감으로 놀 마음 따윈 없지만…."

그래도 되도록 새로운 것에 흥미를 가지자고 마음먹은 참이기도 하다. 모처럼 가까이에 있는 것이라면, 닳는 것도 아니니 우선 시험해 보는 것도 좋을 것이다.

하지만 정말로 재미있을까, 이런 것이?

웨이버는 미심쩍은 듯 이맛살을 좁히면서도 어쨌든 패키지의 내용물을 점검하고, 우선은 설명서대로 텔레비전과 게임기의 단자를 케이블로 연결하는 것부터 시작했다.

반년 후

"…I know that my Redeemer lives, and that in the end he will stand upon the earth."

장송은 차가운 빗속에서 조용히 진행된다.

상주를 맡고 있는 것은 아직 나이도 채 차지 않은 소녀다.

슬픔도 불안도 겉으로 드러내지 않고 굳은 표정을 한 채로, 소녀는 부과받은 의무를 다한다. 그 굳센 모습을 씩씩하다고 생각할지언정, 가엾다며 불쌍히 여기는 자는 없다.

원래부터 그러한 일족의 장례식이다. 그것을 당연히 여기는 선대에 의해, 그러한 교육을 받은 책임자다. 추도하는 자리에 불려 온 사람은 모두, 그것을 알고 있는 자들뿐이었다.

"And after my skin has been destroyed, yet in my flesh I will see God; I myself will see him with my own eyes. …I, and not another. How my heart yearns within me… Amen."

그리고 관은 대지로 보내지고, 장례가 기도의 말로 마무리되자 참여자는 한 사람, 또 한 사람씩 떠나가기 시작했다. 이윽고 조용한 빗속에는 상주인 소녀와 식을 집행한 신부만이 남겨졌다.

"수고했어. 새 당주의 첫 무대로서는 칭찬할 만한 일처리였어. 아버지도 필시 자랑스러워하셨을 거다."

담담하게 칭찬하는 키레이에게 린은 말없이 끄덕였다. 그 왼팔에는 이미 토오사카 가 전래의 마술각인이 일단 1할 정도 새겨져 있다. 이식된 지 얼마 안 되는 각인은 아직 몸에 익숙해지지 않아서 계속 쑤시고 있겠지만, 소녀는 그 고통을 일절 겉으로 드러내지 않고 마지막까지 식에 임했다. 그 의지력은 그녀의 나이를 감안하면 이례적인 것이라 할 수 있을 것이다.

사후의 일을 협회에 맡긴 토키오미의 서신은, 그의 인품을 이야기하는 것처럼 한 치의 빈틈도 없는 완벽한 것이었다. 시신의 이송과 각인의 적출은 린의 후견인인 코토미네 키레이의 입회하에 런던의 협회 본부에서 과오 없이 집행되었다. 또한 모든 각인은 신뢰할 수 있는 토키오미의 지인에게 엄중히 보관되어 언젠가 남김없이 린의 육체로 이식될 날을 기다리고 있다.

신체에 극도의 부담을 주는 각인 이식은, 후계자의 제2차 성징이 끝날 때까지 단계적으로 실시되는 것이 바람직하다. 그 때문에 선대 당주가 급사했을 경우의 처치에는 종종 다양한 곤란이 따르기 마련이지만, 토키오미의 지시는 모든 것을 예측한 것처럼 완벽했다. 토오사카 가가 쌓아 왔던 마도의 집대성은 일체의 손실 없이 린에게 물려지게 될 것이다.

하지만 시신의 운송이나 적출 수술, 그것에 동반되는 다양한 수속이나 절충 때문에 토키오미의 유해가 고향으로 돌아오기까지는 반년에 달하는 시간이 필요했다. 그렇기에 이제 와서 치러진 너무 늦은 장례식에는, 고인의 인망이나 공적에도 불구하고 어느 정도의 사정을 아는 극히 소수의 사람들밖에 초대받지 못했다. 이것도 역시 마술사로서의 숙업이라고 할 수 있을 것이다.

묘지에서 모든 인기척이 사라진 것을 확인하고, 키레이는 뒷문에서 기다리고 있는 콜택시를 보았다.

"슬슬 어머님을 모셔 오는 게 어떨까?"

"…네. 그렇게 할 거예요."

원래대로라면 상주를 맡아야 했을 미망인인 토오사카 아오이는 병상에 있기 때문에 사람들 앞에는 나올 수 없었다. 어쨌든 외부에는 그렇게 알려져 있다. 그렇지만 린은 하다못해 아버지의 관이 흙에 덮이기 전에 어머니와 마지막 대면을 하게 해 주고 싶었다.

린은 다른 사람들이 식에 참석하는 동안 계속 기다리고 있던 어머니를 차에서 내리게 하고, 휠체어에 태우고서 토키오미의 묘 앞까지 데리고 왔다. 아직 젊고 아름다운 미망인은 얼굴에 아무런 감정도 내보이지 않고, 꿈을 꾸는 듯한 몽롱한 시선으로 허공을 바라보고 있다.

"어머니, 아버지에게 마지막 작별인사를 해 주세요."

린이 재촉하자, 꿈을 꾸던 여인의 시선이 퍼뜩 지상에 초점을 맺는다.

주위에 늘어선 묘비들을 보고 아오이는 조금 위축된 듯 눈을 깜빡였다.

"아…. 저기, 린? 오늘은 누군가의 장례식이니?"

"네. 아버지가 돌아가셨어요."

"어머나, 큰일이네. 어서 토키오미 씨의 상복을 꺼내야지. 저기, 린. 사쿠라가 옷 갈아입는 것을 거들어 주렴. 어머나, 이걸 어쩐담. 나도 준비해야 하는데…."

아오이는 잠시 휠체어에 앉은 채로 허둥지둥하다가, 갑자기 실이 끊어진 인형처럼 고개를 숙였다. 그리고 다시 고개를 들더니, 그녀는 이번에는 아무도 없는 허공을 향해 부드럽게 미소를 지어 보이면서 손을 뻗어 손가락을 움직이기 시작했다.

"봐요, 여보. 넥타이가 비뚤어졌잖아요. 그리고 등에도 실밥이. 우후후, 딱 부러지게 해야죠. 당신은 린과 사쿠라의 자랑스러운 아버지잖아요…."

자신에게만 보이는 남편을 향해 바지런하게 말을 거는 어머니의 모습을, 린은 그저 묵묵히 참으며 지켜보고 있었다.

물론 키레이는 토오사카 아오이가 산소결핍의 후유증으로 뇌에 장애를 입기에 이른 경위를 린에게 이야기하지 않았다. 린이 이해하고 있는 것은, 어머니 역시 아버지와 마찬가지로 네 번째의 성배전쟁에 휘말려 든 희생자라는 것뿐이었다.

현실을 올바로 인식할 능력을 잃은 아오이는 어떤 의미에서 행복했는지도 모른다. 그녀 내부의 세계는 토오사카 가에 아직 사쿠라가 있고, 토키오미가 건재했던 무렵에서 멈춰 있었다. 아오이는 매일 광대한 토오사카 저택 안을 방황하면서 기억 속의 남편이나 둘째 딸과 이야기를 하고, 서로 웃으며 만족스러운 가족이라는 꿈속을 살고 있었다.

그런 어머니를 돌보는 린은 혼자 현실에 남아 그녀는 결코 발을 들일 수 없는 세계, 행복의 팬터마임을 지켜보며 하루하루를 보내고 있다. 누군가와 슬픔을 나눠 갖지도 못하는 채로, 어린 차기 당주는 마도의 가문의 무게를 등에 지고 각인의 아픔을 견뎌야만 한다. 아직 초등학생인 소녀에게 그것은 너무나도 가혹한 운명이었다.

코토미네 키레이에게, 이러한 비운의 소녀의 후견인이라는 역할을 맡은 것은 커다란 행운이었다.

타인의 괴로움과 비탄에서만 기쁨을 찾아낸다는 기형적인 감성. 그런 자신의 본성에 눈을 뜬 키레이가 보기에, 린의 현재상황은 다감한 소녀의 성장환경으로서 이보다 더할 수 없을 정도로 바람직한 경우였다. 그것을 누구보다도 가까이에서 관찰할 수 있는 입장에 있는 것은, 그야말로 극상의 술병을 얻은 것이나 마찬가지다.

그렇지만 실제로 키레이가 그것으로 보답을 받았는가 하면, 정말 속 터지게도 전혀 아니었다.

세상에서 보기 드문 곤경을 짊어지고서도 이 어린 소녀는 결코 눈물을 보이지 않았다. 그러기는커녕 약한 소리 한 번 흘리지 않았다.

지금도 아버지의 장례를 올바르게 이해할 수조차 없는 어머니의 비참한 모습을 앞에 두고, 린은 참을성 있게 감정을 억누르며 어머니의 상태가 안정되기를 기다리고 있다. 원래대로라면 아직 부모에게 어리광 부리고 있을 나이의 어린아이로서는 도저히 견딜 수 없는 광경일 터인데.

린은 그것을 자신의 운명으로 인정하고, 받아들이고 의연히 맞서고 있다. 그 보기 드문 자존심과 극기심은 토오사카 린이라는 소녀의 최대의 미덕이었고, 또한 키레이에게는 짜증스럽기 이를 데 없는 난점이었다.

확실히 이 계집애는 극상의 술병일지도 모르지만, 병의 마개가 열리지 않는다면 감로甘露는 고사하고 짜증의 씨앗일 뿐이다.

그 몸에 어떠한 고난이 닥치더라도, 그 전부가 린이라는 보석의 원석을 연마하는 역할을 할 뿐이다. 아마도 사랑하는 어머니의 무참한 추태도, 그녀의 인격형성에 트라우마가 되기는커녕 오히려 인간의 유약함과 허무함을 지켜봄으로써 자비와 관용의 마음을 배양하는 결과가 될지도 모른다.

이 소녀는 마도라는 외법外法의 길을 걸으면서도, 과거에 그녀의 아버지가 그랬듯 마술사이기에 갖는 일그러짐이나 결락을 품는 일조차 없이, 그야말로 인간으로서 균형이 잡힌 인격을 형성해 버릴지도 모른다. 키레이로서는 몹시 재미없는 이야기였다. 그 토키오미의 씨라면 필시 비뚤어진 꽃이 피어 줄 것이라고 기대하고 있었는데.

가슴속의 심경을 감춘 채로, 키레이는 격려하듯이 린의 작은 어깨에 손을 얹는다.

“또다시 나는 한동안 일본을 비우게 될 텐데…. 이후의 일에 대해 뭔가 불안한 건 없나?”

“…없어요. 당신에게 의지할 일 따윈, 아무것도.”

딱딱하게 굳은 목소리로, 소녀는 키레이의 얼굴조차 보려고 하지 않고 무뚝뚝하게 대답한다.

린은 아버지의 유언에 따라 코토미네 키레이가 후견인을 맡는 것에는 아무런 이의도 제기하지 않았지만, 그를 향한 혐오를 감추려고도 하지 않았다. 토키오미의 조수로서 같은 전장에 임하고, 결과적으로 토키오미를 지켜 내지 못했던 키레이에게 린은 지금도 분노와 불신을 품고 있는 것이리라.

그런 린의 졸렬한 미움이 키레이로서는 우스워서 견딜 수 없었다. 언젠가 진상을 알았을 때에 이 소녀가 어떤 얼굴을 할까. 지금부터 몹시 기대가 된다.

"다음에 만나는 것은 반년 뒤야. 그때에 두 번째 각인 이식도 집행할 거다. 몸 상태 관리에는 충분히 신경 쓰도록 해."

"…말하지 않아도 알고 있어요."

"앞으로 나는 외지로 일하러 돌아다니는 일이 점점 많아질 거라고 예상된다. 미안하지만 당분간은 일본에 머물러 있을 수 없을 것 같아. 후견인으로서 참으로 한심하다고 생각하지만…."

"바쁜 것 같다니 잘 됐네요. 좋아요. 당신이 없어도 토오사카가와 어머니는 나 혼자서 돌볼 거예요. 당신은 이단사냥이든 뭐든 한껏 부려 먹히고 오세요."

흥, 하고 허세를 부리며 고개를 돌리는 린. 오늘의 태도는 평소보다 더욱 표독스럽다. 역시 오늘이라는 날은 소녀에게 한층 무겁고 괴로운 것이리라.

문득 키레이의 뇌리에 작은 오락의 발상이 번뜩인다.

"…린, 이제부터 너는 명실공히 토오사카의 수장이야. 오늘을 기념해서 내가 선물을 주고 싶구나."

그렇게 말하며 키레이는 품에서 칼집에 들어가 있는 단검을 꺼냈다.

과거에 토키오미가 죽기 직전, 우정의 증표로 키레이에게 주었던 아조트 검. 오늘 장례식에 참석할 때에 키레이도 고인을 회상하기 위해 추억의 물건을 지참하고 있었다. 자신이 죽인 자에 대해서도 그러한 기특한 마음가짐을 갖는 것이 코토미네 키레이라는 인물이다.

"예전에 내가 마술 수행성과를 토키오미 스승님께 인정받았을 때에 받은 물건이다. 앞으로 이것은 네가 가지고 있도록 해."

"…이것이, 아버지의…."

린은 키레이가 내민 단검을 손에 들고, 칼집 안의 칼날을 살펴본다. 가죽이 감긴 칼자루를, 도신의 마법문자를, 살며시 건드린다. 과거에 그것을 새긴 아버지의 손끝을 떠올리는 것처럼.

"…아버지…."

소녀의 손안에서 단검이 물결처럼 살짝 떨리고… 흐림 한 점 없는 그 도신에 뚝, 하고 눈물방울이 떨어진다.

그것은 린이 키레이 앞에서 보인 첫 눈물이었다.

끝내 고대하던 맛난 술의 맛을 느끼고, 키레이의 가슴은 기쁨에 떨린다.

린은 모른다. 지금 그녀의 눈물을 받아 내고 있는 칼날이, 과거 토키오미 본인의 심장에서 피를 빨았다는 진상을. 그녀는 이제부터 저 단검에서 사랑하는 아버지의 추억을 느끼며 분명 소중하게 간직할 것이다. 그것이 다름 아닌 아버지를 죽인 흉기란 사실을 알지도 못하고.

그 악랄한 빈정거림. 짓밟히는 순박한 마음. 그야말로 코토미네 키레이의 혼을 환희하게 만드는 즐거움이다.

고개를 숙인 채로 목메어 우는 린은, 그런 그녀를 내려다보며 소리도 없이 웃는 신부의 얼굴을 알아차리지도 못하고 지금도 운명의 검을 쥐고 있었다.

5년 후

달이 아름다운 밤이었다.

에미야 키리츠구는 딱히 아무것도 하지 않고 툇마루에서 달을 바라보고 있다.

겨울인데도 기온은 그리 낮지 않다. 약간 싸늘할 뿐이라 달을 즐기기에는 좋은 밤이었다.

곁에는 한 소년이 있다. 그도 별달리 아무것도 하지 않고 키리츠구와 함께 달을 보고 있다.

이름은 시로士朗.

키리츠구가 모든 것을 잃었던 그날의 화염 속에서 유일한 구원을 가져다 준 존재였다.

그로부터 벌써 5년이 지났다. 당시에는 아직 어린아이였던 시로도 요즘에는 상당히 늠름해졌다.

키리츠구는 화재로 가족을 잃은 시로를 양자로 받아들였다. 그리고 아이리스필의 은신처로 구입했던 창고가 딸린 폐가를 어떻게든 사람이 지낼 수 있는 수준으로 손을 보고, 그곳에서 둘이 살게 되었다.

어째서 그런 일을 했는지는 그 자신도 확실히 알지 못한다. 그

밖에 갈 곳이 없었다는 점도 있지만, 그 이야기를 하자면 애초에 더 이상 살아갈 이유조차 없지 않았을까.

예전에 에미야 키리츠구라는 인간이 지니고 있던 목적도 신념도 그날의 화염에 전부 불타 버렸다. 불타 버린 벌판에 남겨진 남자는, 그저 아직 심장만이 뛰고 있는 단순한 잔해에 지나지 않았다.

실제로 그때 시로를 찾아내지 못하고 그 자리를 떠나갔더라면 키리츠구는 진정한 의미로 죽었을 것이다.

하지만 그는 만났다. 모두가 죽어 버린 불길 속에서 간신히 목숨을 부지한 아이와.

그 기적이, 과거에 에미야 키리츠구라고 불린 빈껍데기의 새로운 내용물이 되었다.

지금 와서 생각해도 그것은 기묘한 생활이었다.

아내와 딸을 버린 남자가 일단은 아버지인 척을 계속하고….

부모를 빼앗긴 아이가 일단은 아들인 척을 계속하고….

정신이 들고 보니 그런 매일의 반복이 변함없는 일상이 되어 갔다.

시로는 아직 마흔도 되지 않은 키리츠구를 '할아버지'라고 부르고 있었다. 그럴 만하다는 생각도 든다.

키리츠구 안에 남아 있는 활력과, 내일보다 지난날들을 그리는 마음은 사실 노인의 그것과 큰 차이가 없었으니까.

그 뒤로 그저 평온하게 돌고 도는 계절은 마치 다른 이의 꿈속에 있는 것 같았다.

잃기만 했었을 인생인데, 5년 전의 그날을 경계로 키리츠구 앞에서 떠나간 인물은 한 명도 없다.

시로도, 타이가大河도, 라이가雷畵 노인이나 후지무라藤村 일파도, 만난 순간부터 지금까지도 사라지지 않고 함께 있다.

과거에 만남이란 헤어짐의 시작일 뿐이었는데.

그러나 그런 행복을 손에 넣은 것으로 인한, 당연한 대가였을까.

그 이전에 한 번 잃은 것은 두 번 다시 되찾을 수 없었다.

키리츠구는 몇 번이나 '여행을 떠난다' 라고 시로에게 거짓말을 하고서, 집을 비우고 아인츠베른의 영지로 향했다. 겨울의 성에 혼자 두고 와 버린 딸을 구하기 위해.

그러나 키리츠구가 몇 번이나 집요하게 방문하려 해도 유브스탁하이트는 숲의 결계를 열려고 하지 않았다. 당연할 것이다. 가장 중요한 상황에서 키리츠구가 저지른 배신에 의해, 성배를 구하던 아인츠베른의 네 번째 도전이 헛수고가 되어 버렸던 것이다. 오히려 제재가 있어야 했겠지만 아하트 옹은 그것조차 하지 않았다. 배신한 개는 그냥 들판에 내쫓고, 꼴사납게 죽을 때까지 수치를 당하며 살게 하는 것이 그에 걸맞은 보복이라고 생각했던 것이리라. 어쩌면 딸인 이리야스필과 생이별한 채로 생애를 마치는 것이야말로, 키리츠구에 대한 가장 적절한 벌이라고 판단했는지도 모른다. 그리고 그것은 사실이었다.

과거 '마술사 킬러' 라는 악명을 떨치던 무렵의 키리츠구였다면, 극한 겨울의 숲에 설치된 결계를 돌파하고 성안에 있는 딸의 곁까지 도달했을지도 모른다. 그러나 '이 세상의 모든 악—앙그라 마이뉴' 와 접촉한 것으로 키리츠구를 좀먹은 저주는, 마치 죽을병에 걸린 것처럼 키리츠구의 육체를 쇠약하게 만들고 있었다. 팔다리는 약해지고 눈은 침침해졌으며 마술회로는 8할이 기능을 잃었다. 이미 병자나 다름없는 키리츠구가 결계의 기점을 찾아내는 것은 불가능했고, 그저 눈보라 속에서 얼어 죽기 직전까지 방황하며 걸어 다닌 것이 그가 할 수 있는 대부분이었다.

그리고 그런 몇 번인가의 무리에 몸 상태가 악화됐는지, 요즘에는 키리츠구도 막연히 자신의 죽을 날이 가까이 왔음을 느끼기 시작하고 있었다. 어쨌든 그 검은 진흙의 저주를 몸으로 받은 시점에서 어차피 남은 생은 한정되어 있었으리라.

최근에는 집에 틀어박혀 느긋하게 지내면서 추억에 잠기는 일이 많아졌다.

나의 인생은 대체 무엇이었을까, 하고.

그런 생각을 하면서 지금도 시로와 함께 그냥 아무것도 하지 않고 달을 보고 있다.

"…어린 시절, 나는 정의의 사도를 동경했었지."

문득 그런 말이 입 밖으로 나왔다.

먼, 멀고 먼 옛날부터 수면 밑에 가라앉아 있던 난파선 같은, 오랜 시간 동안 계속 내버려 두었던 채로 잊어버린 말이었다. 그렇다. 언제였던가, 자신은 누군가에게 그렇게 말하려고 했다가 끝내 하지 못했다. 그것은 대체 언제였을까.

그러나 그런 키리츠구의 목소리를 듣자마자 시로는 곧바로 언짢은 얼굴을 했다.

"뭐예요, 그건. 동경했었다니, 포기했어요?"

시로는 키리츠구가 스스로를 부정하는 듯한 말을 하는 걸 싫어한다. 그는 키리츠구라는 남자에게 깊은 동경을 품고 있었다. 그리고 그 마음에 대해, 키리츠구는 내심 항상 부끄러운 감정을 품고 있었다.

어쩐지 소년은 양아버지를 위대한 인물이라고 굳게 믿고 있다. 에미야 키리츠구의 과거를, 그 생애가 초래한 재난과 상실을 하나도 모르는 채, 키리츠구를 목표로 삼고 있다.

시로의 안에 있는 자기희생과 정의감은 어떤 종류의 일그러짐이라고 말해도 좋을 정도로 지나친 것이었다. 그리고 아무래도 그것은 키리츠구에 대한 엉뚱한 선망이 단초가 된 듯하다. 아버지와 아들로서 지낸 세월에 유일한 후회라 할 수 있는 것이 바로 그것이다. 시로는 키리츠구처럼 되고 싶다고 말한다. 키리츠구가 걸어온 길을 더듬어 가고 싶어 한다. 그것이 얼마나 어리석은 짓인지 타이르는 것을, 끝내 키리츠구는 할 수 없었다.

만약 가령 시로가 키리츠구처럼 살고 똑같이 부서져 간다고 한다면, 이 5년간의 평화로운 나날조차도 결과적으로 저주가 되어 버리는데.

포기했느냐며 시로는 질문한다. 그 물음이 너무나 가슴 아프게 와 닿는다. 그렇다. 솔직히 포기했더라면 얼마나 많은 구원이 있었을까.

키리츠구는 먼 달을 바라보는 척을 하며 비통한 마음을 쓴웃음으로 얼버무렸다.

"응, 유감스럽지만. 히어로는 기한 한정이라서 어른이 되면 자칭하기 어려워지거든. 그런 건, 더 빨리 깨달았으면 좋았을걸 그랬지."

더욱 빨리 깨달았더라면…. 원망기로 기적을 이룰 수 있다는 감언에 속아 넘어가는 일도 없었을 것이다.

과거에 키리츠구는 이상을 위해서 세상을 멸망시킬 악마를 해방하려 했다. 그 실수를 깨닫는 것이 너무 늦어서, 엄청난 숫자의 사람들을 희생시켰다. 그중에는 시로의 친부모도 포함된다.

그 지옥은 지금도 여전히 엔조잔의 지하 깊숙이 숨어 있다. 물론 손은 써 두었다. 키리츠구는 그 싸움에서 사용하고 남은 폭약을 전부 동원해서, 수년에 걸쳐 몇 군데의 지맥에 손을 댄 것이다. 그래서 엔조잔으로 흘러 들어가는 레이 라인ley Lines의 일부에 '혹'이 생기도록 조작해 두었다. 그것은 그가 생애 마지막으로 강구한 마술의 행사이기도 했다.

머지않아 지맥에서 모인 마나는 오랜 시간에 걸쳐 그 혹에 퇴적되고, 임계점을 넘을 때에 극히 국지적인 대지진을 엔조잔 바로 아래에 일으키게 된다. 이르면 30년, 늦어도 40년 안에 '혹'은 파열할 것이다. 계산상으로는 틀림없이 엔조잔의 지하동굴을 붕괴시켜서 '대성배'를 봉인할 수 있다. 살아서 그 성과를 지켜볼 수는 없겠지만, 60년 뒤에 돌아올 다섯 번째 성배전쟁을 저지하기 위한 조치로서 그것은 지금의 키리츠구가 할 수 있는 최선의 방법이었다.

시로는 조금 전 키리츠구가 얼버무린 설명에 대해 잠시 생각에 잠기는 눈치였지만, 이윽고 자기 나름대로 납득했는지, "그렇구나. 그러면 어쩔 수 없네."라면서 얌전한 얼굴로 끄덕였다.

"그렇지. 정말로, 어쩔 수 없어."

키리츠구도 애석함을 담아 맞장구쳤다.

어쩔 수 없다, 라고.

그런 말로는 아무런 애도도 속죄도 되지 않는다는 것을 알면서, 그저 먼 하늘의 달을 바라본다.

'…아아, 정말로 멋진 달이구나….'

달이 이렇게나 아름답다고 생각한 밤은 태어나서 처음인지도 모른다. 이런 풍경을 시로가 키리츠구와 함께 추억 속에 새겨 주는 것이 너무나도 기뻤다.

"응, 어쩔 수 없으니까 내가 대신해 줄게요."

청초하게 밤을 비추는 달빛 속에서, 소년은 아무렇지도 않은 어조로 맹세했다.

일찍이 키리츠구가 동경했고 포기했던 것을 '대신해 주겠다'라고.

그때, 문득 깨달았다.

그도 역시 과거에 맹세하려고 했었다. 누구보다도 소중한 사람에게 그 말을 고하려고 했다.

그때 가슴에 품었던 긍지를, 결코 잃지 않겠다고 생각했던 광채를 잊고 있었다. 지금 이 순간까지.

"할아버지는 어른이니까 이젠 못 하지만, 나라면 괜찮죠? 맡겨 둬요, 할아버지의 꿈은…."

시로는 맹세의 말을 계속한다. 오늘 밤 이 풍경과 함께, 잊을 수 없는 추억으로 자신의 가슴에 새겨 간다.

그렇다. 이렇게나 아름다운 달 아래에서라면… 그는 분명 잊지 못할 것이다.

에미야 시로가 시작의 순간에 품은 마음, 그 고귀하고 무구한 기도의 형태는 분명 언제까지나 아름다운 것으로서 그 가슴에서 계속 살아갈 것이다.

이윽고 소년은 어리석은 양아버지의 이상을 계승하고 수많은 한탄을 알게 될 것이다. 헤아릴 수 없는 절망을 맛보게 될 것이다.

그렇지만 이 달밤의 추억이 그의 안에 있는 한, 분명 그는 지금 이 순간의 자신으로 돌아올 수 있다. 두려움도 모르고 슬픔도 모른 채, 그저 동경만을 가슴에 감추고 살아가려던 어린 날의 마음으로.

그것은 어느샌가 처음의 자신을 잊고, 그저 마멸되어 갈 수밖에 없었던 키리츠구에게는 더 이상 바랄 나위 없는 구제였다.

"그렇구나. 아아……, 안심했다."

시로는 설령 나처럼 살더라도 나처럼 잘못될 일은 없다.

그런 이해와 함께 가슴속의 모든 상처가 아물어 가는 것을 느끼면서, 에미야 키리츠구는 눈을 감았다.

이리하여….

그 생애를 통해 아무것도 성취하지 못하고 아무것도 쟁취하지 못했던 남자는 단 한 가지, 최후에 손에 넣은 안도만을 가슴에 품고 잠들 듯 숨을 거두었다.

— 케리는 말이야, 어떤 어른이 되고 싶어? —

눈부신 햇살 속에서 그녀가 묻는다.

그 미소를, 그 자상함을 결코 잃고 싶지 않다고.

이렇게나 세상은 아름다우니까, 지금 이 순간의 행복이 영원했으면 좋겠다고.

그렇게 생각하면서 맹세의 말을 입 밖에 낸다.

지금의 이 마음을 언제까지나, 결코 잊고 싶지 않으니까.

—난 말이지, 정의의 사도가 되고 싶어.—

해설

이리하여 이야기는 제로에 이르렀다.

일곱 명의 마술사와 일곱 서번트의 싸움. 이상과 집념으로 채색된 배틀로열은 여기에 대단원을 맞이한다. 에미야 키리츠구에게 주어진 것은 이상도 아니고 희망도 아닌, 그것들의 원액이 되는, 그저 내일로 이어지는 '미래' 였다.

◆

『Fate/stay night』와 『Fate/Zero』란 무엇인가?

그 고설高說은 1권에 실린 우로부치 겐 씨에 의한 해설로 대부분 이야기되었으므로, 여기서는 작품 배경의 해설을 생략하기로 한다. 마지막 마무리인 6권의 해설에 자신이 어울리는지의 여부는 제쳐 두고, 『stay night』의 원작자로서 나스 키노코가 본 이 작품과 그 본연의 모습에 대해 이야기하고 싶다.

지금으로부터 십여 년을 거슬러 올라간다. 오락 제공을 생업으로 하는 게임업계는 몇 번째인가의, 그리고 전에 없던 규모의 대변혁을 맞이하고 있었다. 컨슈머 게임기는 이후에 거대 왕조를 구축하는 'PlayStation 2'의 발매를 앞두고 있었고, 늘어 가는 수요에 맞춰서 저렴해진 PC를 손쉽게 구입할 수 있는 시대가 정착돼 있었다. 코믹마켓으로 상징되는 동인계도 착착 시민권을 획득하고, 출판사를 통하지 않은 새로운 유통의 장으로서 발걸음을 내딛고 있었다. 오락의 다양화, 혹은 창작 스타일의 재발견/변혁. 그 무게는 무시무시해서, 오래된 틀은 이미 비명을 지르고 있었다. 폭발적으로 증가하는 '유저의 욕망'을 감당해 낼 수가 없었던 것이다. 많은 젊은이가 소비자가 되고, 또한 창작자가 될 수 있는 전기. 2000년이라는 해는 그야말로 그런 터닝 포인트였다.

변혁은 틀에만 머무르지 않는다. 그때까지의 게임은 일반 대중을 타깃으로 만들어진 것이었는데, 유저가 늘고 그들의 입맛이 까다로워지기 시작하면서 보다 순도 높은 '줄거리'를 요구받게 되었다. 다름아닌 게임 시나리오의 이야기다. 그때까지 시스템과 그래픽을 움직이게 하려는 목적만으로 적당히 부가되던 각본은, 간신히 기본 토대 중 하나로 꼽히게 되었던 것이다.

보다 뛰어난 각본을, 보다 농도 깊은 이야기를.

1990년대 후반의 PC게임 업계에는 그런 유저의 목소리에 응하듯이 빛나는 별처럼 수많은 명작들이 태어났다. 아무리 틈새를 노리는 특이한 작품이라도 재미가 우선되는 세계. 대중에게 등을 돌린 마니악한 작품이라도 확실한 물건이라면 반드시 가치를 인정받게 되는 세계. 아직 자신의 정체(라고 할까, 증상)을 깨닫지 못했던 신인 라이터 우로부치 겐도 그런 시대에 나타난 이들 중 한 명이다.

히로인과의 연애요소만 들어가 있으면 그 밖에는 뭘 해도 좋다. 그것이 예나 지금이나 변하지 않는, PC게임 업계의 불문율이다.

이러한 '네가 바라는 대로 가라' 라는 마음의 소리를 따라, 우로부치 겐은 많은 작품을 만들어 간다.

『Phantom PHANTOM OF INFERNO』, 『흡혈섬귀 베도고니아』, 『귀곡가鬼哭街』, 『사야의 노래』, 『속續·살육의 장고』.

실제로 이런 작품들은 PC게임 업계에서 드문 것은 아니었다. 앞서 이야기한 대로 모든 장르가 허락된 세계다. 총기도 흡혈귀도 SF도 크툴루도 선구자가 있었다. 후일 '우로부치 겐은 아무도 하지 않았던 장르를 성공시킨 발명자' 라고 불리는 일도 적지 않았지만, 그 인식은 잘못되었다. 우로부치 겐 본인이 '이미 있는 선인의 뒤를 따라간 것에 지나지 않는다' 라고 이야기하고 있다. 그의 작가로서의 희소성은 틈새 시장의 공략에 있는 것이 아니라 어떠한 장르의 작품이더라도 양질의 이야기로서 마무리하는, 이야기에 대한 경건함과 중심에 감춘 우로부치즘과 탁월한

필력이다. 그는 데뷔작인 『Phantom』 시점에서 완성되어 있었다. 지금도 성장하고 있지만 그것은 '완성형' 으로부터의 성장이다. 아직 완성형을 향한 경험을 쌓고 있는 내가 보기에는 믿음직스럽기 이를 데 없다. 그 올마이티함은 이 책 『Fate/Zero』에서도, 2011년 초에 방영된 텔레비전 애니메이션 『마법소녀 마도카☆마기카』의 각본에서도 드러난다.

(참고로 여담이지만 2009년 『마도카☆마기카』의 의뢰를 받은 우로부치 겐은 "또 난감한 기획을 맡았다. 나보고 마법소녀물을 하라고 한다."라고 말하면서도 그 얼굴은 즐겁게 보이기까지 했다. 그것이 허세가 아님은 반년도 되지 않아 완성된 각본이 증명하고 있다.)

자신이 붓을 쥐기로 결심한 세계에서 자신이 해야 할 일, 하고 싶은 일의 최대치를 해낸다. 그것이 우로부치 겐의 작풍이다. 그런 그가 '자신 안에서는 태어나지 않는 것' 으로서 인정하고, 어떤 의미에서 경의를 표한 작품의 스핀아웃이 이 『Fate/Zero』가 된다.

우로부치 겐이 『Fate/stay night』의 어디에 감동했는지는 본인이 아닌 나는 상상할 수밖에 없다. 범용성 높은 룰, 1980년대에서 2000년대에 걸친 전기소설의 장점을 따온 것, 등장인물들의 개성. 확실히 그중 어떤 것인가는 그의 감성을 건드렸을 것이다. 그렇지만 가장 큰 자극을 준 것은, 바닥에 있는 이야기의 방향성이 아니었을까 하고 지금은 생각한다.

우로부치 겐은 2005년 이후에 '해피엔드를 쓸 수 없는 병'에 걸려 버렸다. 이것은 비단 그만의 병은 아니다. 이야기와 진지하게 마주하면 언젠가 누구에게나 찾아오는 병이다. 그것을 뛰어넘어 희망을 써 나갈 수 있는 작가가 있고, 그것과 정면으로 대치하고 이상을 써 나가는 작가가 있다. 양쪽 모두 올바른 강함이다. 다만 종류가 다를 뿐이다. 『Fate/stay night』의 나스 키노코는 전자의 길을 선택했고, 『Fate/Zero』의 우로부치 겐은 후자의 길을 선택했다.

그것은 기묘하게도 작중의 에미야 시로와 에미야 키리츠구의 자세이기도 하다.

작중 등장인물의 고뇌는 그대로 작가의 고뇌라는 둥 하는 실없는 소리는 하지 않겠다. 작중 등장인물은 작가의 페르소나에 지나지 않으며, 결코 본인은 아니기 때문이다. 그렇지만 작가의 머릿속에서 시뮬레이트된 인물인 이상, 어찌하더라도 유사성이 보이게 된다. …그는 현실과 싸우기로 결심했다. 그러나 꿈을 이야기하는 자가 필요한 것도 알고 있다. 그렇기에 이 이야기의 다음을 알고 싶다고 외치는 것이다. 그렇지 않으면 이 자리에서 싸우는 의미가 없다고. 왜냐하면 현실과 꿈은 반대가 아니면 가치가 없으니까.

우로부치 겐은 1권 후기에서 '이 작품에 모든 것을 쏟아부었다' 라고 이야기했다.

『Fate/Zero』가 한 남자의 아집과 해방의 이야기임과 동시에 한 작가의 '이제부터' 를 보여 주는 전기가 되어 주었다면, 대단원을 향한 배턴을 이어받은 자로서 이렇게 기쁜 일은 또 없을 것이다.

우로부치 겐의 작품은 이제부터 보다 많은 유저에게 사랑받고, 미움받을 것이다.

하지만 그것이 좋다. 세상에는 선으로써 거짓을 이야기하는 자가 있고, 악으로써 기도를 이야기하는 자가 있다. 이 작가가 『Fate』의 시작의 이야기를 써 주어서, 나는 누구보다도 힘을 나눠 받았다.

저기, 뭐라고 할까. 건방진 소릴 하는 것 같지만, 해피엔드라면 나에게 맡겨 둬, 겐 씨.

마지막으로. 여기까지 읽어 주신 독자 여러분들께 애독해 주신 데 대한 감사와, 이후의 성원을 부탁 드린다. 이 책은 하나의 작품으로서 120퍼센트 완성되어 있는 이야기이지만, 저자의 바람은 그 뒤에 있다.

이것을 계기로 『Fate/stay night』에 손을 뻗어서, 우로부치 겐이 꿈꾸었던 결말에 도달해 준다면, 이 책의 팬으로서 더할 나위 없는 기쁨일 것이다.

2011년 5월

나스 키노코

Fate / Zero [6]

연옥의 불길

2014년 7월 7일 초판 발행
2015년 1월 20일 4쇄 발행

저자 우로부치 겐
일러스트 타케우치 타카시
역자 현정수

발행인 황경태
편집상무 여영아
편집팀장 황정아
편집 김은실
미술 윤석민
제작부장 김장호
제작 김종훈 정은교
국제부 국장 손지연
국제부 최재호 김형빈 김하얀 김은영
마케팅 국장 김병훈
마케팅 채인석 조정아
디자인 Veia

발행처 (주)학산문화사
등록 1995년 7월 1일
등록번호 제3-632호
주소 서울특별시 동작구 상도로 282 학산빌딩
편집부 02-828-8988(전화)
마케팅 02-828-8982~6(전화)

ISBN 979-11-5597-842-9 04830
ISBN 979-11-5597-134-5(세트)

값 10,000원

* Premium extreme novel은 (주)학산문화사에서 발행하는
extreme novel의 프리미엄 브랜드입니다.

Premium
extreme
novel